KB076942

토요일에 읽는
한국 단편 소설
4

2015년 4월 6일 제1판 제1쇄 인쇄
2015년 4월 13일 제1판 제1쇄 발행

엮어쓴이 조재도
펴낸이 강봉구

마케팅 윤태성
디자인 비단길
인쇄제본 (주)아이엠피

펴낸곳 작은숲출판사
등록번호 제406-2013-000081호
주소 413-170 경기도 파주시 신촌로 21-30(신촌동)
서울사무소 100-250 서울시 중구 퇴계로 32길 34
전화 070-4067-8560
팩스 0505-499-8560
홈페이지 http://cafe.daum.net/littlef2010
페이스북 http://www.facebook.com/littlef2010
이메일 littlef2010@daum.net

ISBN 978-89-97581-53-5 44800
ISBN 978-89-97581-49-8 44800(세트)
값 10,000원

열공 학생들을 위한 읽기 학습 교양서

토요일에 읽는 한국 단편소설 4

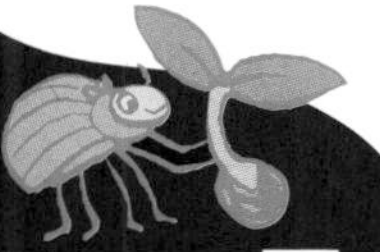

조재도 엮어 씀

작은숲

1

이 책은 지난 2010년에 나온 『조재도 선생님의 살아 있는 문학교실』 개정판입니다. 개정판을 내게 된 까닭은 출판사가 바뀌었고, 또 처음 한 권에 열 세 작품이 실려 있어 학생들이 읽기에 너무 두껍다는 지적이 있어서입니다. 따라서 책의 제목도 『토요일에 읽는 한국단편소설』로 바꾸고, 각 권에 다섯 작품씩 네 권에 나누어 실었습니다.

나는 학생들이 현진건이나 이효석 같은 사람 정도는 알았으면 하는 마음에서, 그도 아니면 「운수 좋은 날」이나 「메밀꽃 필 무렵」 같은 소설 제목만이라도 알았으면 하는 마음에서 이 책을 내기로 하였습니다. 이 책은 초등학교 고학년 이상이면 누구나 읽어도 좋을 것입니다.

2

나는 이 책을 내면서 다음 두 가지를 염두에 두었습니다.

하나는 한국 단편소설을 학생들이 흥미 있게 접하고 읽기 편하도록

머리말

했습니다. 작품마다 감상 포인트와 핵심정리, 등장인물 소개를 제시한 것도 그런 이유에서였습니다. 또 낱말 뜻과 필요한 부분에 대한 설명을 마치 수업 시간에 선생님에게 설명을 듣는 것처럼 한 것도 그런 이유에서였습니다.

다른 하나는 과거에 씌어진 작품에 대해 현재적 의미를 부여하려고 하였습니다. 이는 주로 작품을 읽고 난 후 하게 되는 '독후 활동'을 통해 이루어지는데, 주옥같은 문학 작품들이 '지금 오늘'을 사는 우리들에게 어떤 의미로 다가올 수 있는가를 생각해 보자는 것입니다. 이 말은 거꾸로 왜 우리는 '옛날'에 씌어진 작품을 찾아 읽어야 하는가, 하는 물음에 대한 답이 되기도 할 것입니다.

청소년기는 신체와 두뇌와 감성이 급격히 발달하면서 '나는 누구인가?' (자아정체성) '어떻게 살 것인가?'를 고민하게 되는 시기입니다. 이러한 때에 올바른 자아를 형성하고 행복한 삶으로 이끄는 활동으로

'독서'가 중시되고 있습니다. 특히 한국 단편소설을 읽는 것은 작품 속에 녹아 있는 우리 민족의 생활 정서를 직접 체험해 보고, 소설 속 다양한 인물들의 삶을 통해 자기 삶의 방향을 모색해 보는 일이 될 것입니다.

나는 이 책이 국어 공부를 하는 학생들에게 읽기 학습자료로 활용되었으면 좋겠습니다. 큰 부담 없이 읽기만 해도 공부가 되는 책으로 만들고 싶었기 때문입니다. 또 학습에 도움이 되는 배경지식을 넓힐 수 있을 뿐만 아니라, 문학적 교양을 쌓는 데도 도움이 되었으면 합니다.

2015년 3월

조재도

일러두기

1. 본문은 표준어 규정 및 한글 맞춤법에 따르되, 작가만의 특이한 말이나 표준어 또는 표준어가 없는 방언이나 속어는 그대로 썼습니다.
2. 대화에서는 방언이나 속어 및 구어를 살렸으며, 현대어 표기법에 맞추었습니다.
3. 띄어쓰기는 현대어 표기법에 맞도록 통일하였습니다.
4. 문단 나누기는 원전을 살리되, 읽기 불편한 곳은 적절하게 조절했습니다.
5. 이해하는 데 꼭 필요한 단어는 단어 밑에 작은 글씨로 그 뜻을 표기했습니다.
6. 작품을 이해하는 데 중요한 문단이나 구절은 본문에 표시를 하고 번호를 매겨 페이지 하단에 설명을 달았습니다.
7. 발단－전개－위기－절정－결말 등 작품 이해 및 학습에 도움을 주고자 소설 전개순서에 따라 표기하였습니다.
8. 「　」는 단편소설을 『　』는 단행본으로 나온 책을 표시하였습니다.

11 유예_오상원

67 흰 종이 수염_하근찬

141 기억 속의 들꽃_윤흥길

차례

37 수난이대_하근찬

99 서울 1964년 겨울_김승옥

이 소설은 포로로 잡힌 국군 소대장을 주인공으로 설정하여 그에게 주어진 한 시간이라는 삶의 "유예 시간 동안 그가 느끼는 여러 상념들을 의식의 흐름 수법으로 처리하여 생생한 효과를 얻고 있다.

1인칭과 3인칭 시점이 혼용되어 주인공의 의식 세계와 독백을 중심으로 사건을 진행시켜 가고 있어 시간의 순차성은 거의 무시되고 있다. 소설 제목인 '유예'는 인민군 포로가 되어 총살당하기 직전까지의 한 시간의 짧은 목숨을 의미하며, 소설 속 붉은 피와 하이얀 눈의 색깔의 대비는 인간의 생명과 전쟁의 비극을 나타낸다.

우리는 이 소설을 통해 극한 상황에서도 그것과 맞설 때 삶의 의미가 드러난다는 작가의 세계관을 엿볼 수 있다.

오상원

유예

• 유예 어떤 일을 행하는 데 날짜나 시간을 미루거나 늦춤.

핵심정리

갈래 단편소설, 심리소설, 전후(戰後)소설

배경 시간 : 6 · 25 전쟁 당시(겨울)

공간 : 어느 산골

시점 1인칭 주인공 시점과 3인칭 전지적 작가 시점의 혼용

주제 극한 상황 속에서의 인간 존재 가치에 대한 고찰

몸을 웅크리고 가마니 속에 쓰러져 있었다. •한 시간 후면 모든 것은 끝나는 것이다.[1]

손과 발이 돌덩어리처럼 차다. 허옇게 흙벽마다 서리가 앉은 깊은 움 속, 서너 길 높이에 통나무로 막은 문 틈 사이로 차가이 하늘이 엿보인다. 퀴퀴한 냄새가 코를 찌른다. 냄새로 짐작하여 그리 오래 된 것 같지는 않다. 누가 며칠 전까지 있었던 모양이군. •그놈[2]이나 매한가지지, 하고 사닥다리를 내려서자마자 조그만 구멍으로 다시 끌어올리며 서로 주고받던 그자들[인민군]의 대화가 아직도 귀에 익다. 그놈이라고 불린 사람이 바로 총살 직전에 내가 목격하고 필사적으로 놈들의 사수(射手)를 향하여 방아쇠를 당겼던 그 사람이었을까……. •만일 그 사람이 아니었다면 또 어떤 사람이었을까…….[3] 몸이 떨린다. 뼛속까지 얼음이 박힌 것 같다.

•소속 사단은? 학벌은? 고향은? 군인에 나온 동기는? 공산주의를

등장인물

이 소설에는 그(나)와 선임하사가 등장한다.
그(나)는 주인공으로 패주하는 낙오병들의 소대장이다.
선임하사는 '그'의 부하이다.
극한 상황에서 의연하게 죽음을 맞이하는 인물로
전쟁의 무의미함을 드러내 준다.

어떻게 생각하시오? 미국에 대한 감정은? 그럼…… 동무의 말은 하나도 이치에 당치 않소.

동무는 아직도 계급의식이 그대로 남아 있소. 출신 계급을 탓하지는 않소. 오해하지 마시오. 그 근성이 나쁘다는 것뿐이오. 다시 한 번 생각할 여유를 주겠소. 한 시간 후, 동무의 답변이 모든 것을 결정지을 거요.[4]

몽롱한 의식 속에 갓 지나간 대화가 오고 간다. 한 시간 후면 모든 것은 끝나는 것이다. 사박사박 걸음을 옮길 때마다 발밑에 부서지는 눈, 그리고 따발총구를 등 뒤에 느끼며, 앞장서 가는 인민군 병

---

1 주인공이 한 시간 후에 처형될 것을 암시함.
2 인민군에게 처형당한 국군.
3 주인공이 인민군에게 체포되기 이전에 있었던 상황으로 소설 뒷부분에 자세한 내용이 나옴.
4 체포 직후 심문을 받은 내용으로 과거 사실에 해당함.

사를 따라 무너진 초가집 뒷담을 끼고 이 움 속 감방으로 오던 자신이 마음속에 삼삼히 아른거린다. 한 시간 후면 나는 그들에게 끌려 예정대로의 둑길을 걸어가고 있을 것이다. 몇 마디 주고받은 다음, 대장은 말할 테지. 좋소. 뒤를 돌아다보지 말고 똑바로 걸어가시오. 발자국마다 사박사박 눈 부서지는 소리가 날 것이다. 아니, 어쩌면 놈들은 내 옷에 탐이 나서 홀랑 빨가벗겨서 걷게 할지도 모른다(찢어지기는 하였지만 아직 색깔이 제 빛인 •미(美)전투복[5]이니까…….).

•나는 빨가벗은 채 추위에 살이 빨가니 얼어서 흰 둑길을 걸어간다. 수 발의 총성, 나는 그대로 털썩 눈 위에 쓰러진다. 이윽고 붉은 피가 하이얀 눈을 호젓이 물들여 간다.[6]

화롯불 화로에 담아 놓은 불.

그 순간 모든 것은 끝나는 것이다. •놈들은 멋쩍게 총을 다시 거꾸로 둘러메고 본대(本隊)로 돌아들 간다. 발의 눈을 털고, 추위에 손을 비벼가며 방 안으로 들어들 갈 테지. 몇 분 후면 그들은 화롯불에 손을 녹이며 아무 일도 없었던 듯 담배들을 말아 피우고 기지개를 할 것이다.[7]

누가 죽었건 지나가고 나면 아무것도 아니다. 그들에겐 모두가 평범한 일들이다. 나만이 피를 흘리며 흰 눈을 움켜쥔 채 신음하다 영원히 묵살되어 묻혀갈 뿐이다. 전 근육이 경련을 일으킨다. 추위 탓인가……. 퀴퀴한 냄새가 또 코에 스민다. 나만이 아니라 전에도 꼭 같이 이렇게 반복된 것이다.

•싸우다 끝내는 죽는 것, 그것뿐이다. 그 이외는 아무것도 없다.

무엇을 위한다는 것, 무엇을 얻기 위한다는 것, 그것도 아니다.[8] 인간이 태어난 본연의 그대로 싸우다 죽는 것, 그것뿐이라고 생각하였다.

발단 인민군에게 체포되어 죽음을 눈앞에 두고 있는 나

북으로 북으로 쏜살같이 진격은 계속되었다. 수차의 전투가 일어났다. 그가 인솔한 수색대는 적의 배후 깊숙이 파고들어갔다. 자주 본대와의 연락이 끊어지기 시작하였다.

초조한 소대원의 얼굴은 무전사에게로만 쏠렸다. 후퇴다! 이미 길은 모두 적에 의하여 차단되었다. 적의 어느 편을 뚫고 남하할 것인가? 자주 소전투가 벌어졌다. 한 명 두 명 쓰러지기 시작하였다. 될 수 있는 한 적과의 접근을 피하면서 산으로 타고 올랐다. 기아(배고픔)와 피로. 점점 낙오되고 줄어 가는 소대원. 첩첩이 쌓인 눈과 추위, 그리고 알 수 없는 방향을 더듬으며 온갖 자연의 악조건과 싸우지 않으면 안 되었다. 연이어 계속되는 눈보라 속에 무릎까지 덮이는 눈 속을 헤매다 방향을 잃은 그들은 악전고투 끝에 산 밑을 더듬어 내려와서 가까운 그 어느 마을로 파고들어갔다. 텅 빈 마을 집집마다 스산히 흩어진 채 눈 속에 호젓이 파묻혀 있다. 적이 들어온 흔적도 지나간 흔적도 없다. 됐다. 소대원들은 뿔뿔이 헤쳐져서 먹을 것을 샅

---

5 주인공의 신분을 알 수 있게 해 주는 소재.

6 색채의 대비를 통해 전쟁의 비극성을 드러냄.

7 살해자들의 비정함과 태연함 속에 깃들어 있는 전쟁의 비정함을 표현함.

8 비극적 전쟁의 부속품으로 전락한 인간 존재에 대한 회의.

살이 뒤졌다. 아무 것도 없다. 겨우 얼어빠진 감자 한 자루뿐, 이빨에 서벅서벅 얼음이 마주치는 감자 알맹이를 씹었다. 모두 기운에 지쳐 쓰러졌다. 일시에 피곤과 허기가 연덩어리처럼 내린다. 발가락마다 얼음이 박혔다. 눈보라는 더욱 세차게 몰아치고 밤이 다가왔다. 산속의 밤은 급히 내린다. 선임 하사만이 피로를 씹어 가며 문설주*에 기대어 앉아 있었다.

연덩어리: '납덩이'의 북한어

문설주 문짝을 끼워 달기 위하여 문의 양쪽에 세운 기둥.

밖은 휘몰아치는 눈보라뿐, 선임 하사도 잠시 눈을 붙였다. 마치 기습이라도 있을 듯한 밤이다.

그러나 아무 일도 없이 아침이 왔다.

또 눈과 기아와 추위와의 싸움이 계속되었다. 한 사람, 두 사람이 자연과의 싸움에 쓰러지기 시작하였다. 소대장님, 하고 마지막 한 마디를 외치고 눈 속에 머리를 박고 쓰러지는 부하들을 볼 때마다 그는 그 곁에 무릎을 꿇고 그 싸늘한 마지막 시신을 지켰다. •포켓을 찾아 소지품을 더듬는 그의 손은 항시 죽어 간 부하의 시체보다 더 차가웠다.[9] 소대장님……. 우러러 쳐다보는 마지막 부하의 그 눈빛, 적막을 더듬어가며 죽음을 재는 그 눈은 얼음장보다도 더 차가운 그 무엇이 있었다.

"소대장님……. 북한 출신입니다. 홀몸입니다. 남한에는 …… 누구도 없습니다. 이것이 이북 제 고향 주소입니다."

꾸겨진 기슭마다 닳아져서 떨어졌다. 그것을 받아 들던 그의 손, 부하의 손을 꼭 쥐어주었다. 그 이상 더 무엇을 할 수 있었으랴…….

이제 남은 것은 •그[10]를 포함하여 여섯 명뿐.

눈 속에 쓰러져 넘어진 그들을 그대로 남겨 놓은 채 그들은 다시 눈 속을 헤쳤다. 그의 머리속에 점점 불안이 다가왔다. 이윽고 XX 지점까지 왔을 때다. 산줄기는 급격히 부드러워 이윽고 쑥 평지로 빠졌다. 대로(大路)다. 지형(地形)과 적정(적의 움직임)을 탐지하러 내려갔던 선임 하사가 급히 달려 올라왔다.

노상에는 무수히 말굽 자리와 마차의 수레바퀴 그리고 발자국 자리가 있다는 것이다. 선임 하사의 손에는 말똥이 하나 쥐어져 있었다. 능히 그것은 손힘으로 부스러뜨릴 수 있었다. 그들이 지나간 것이 그리 오래되지 않았다는 증좌(증거)다. 밤을 기다릴 수밖에 없다. 그리하여 어둠을 이용하여 도로를 횡단하고 다시 앞에 바라보이는 산줄기를 타고 오를 수밖에는 없다.

밤이 왔다. 행동을 개시하였다. 그들은 될 수 있는 한 낮은 지대를 선택하고 대로에 연한(잇닿아 있음) 개천 둑을 이용하였다. 무난히 대로를 횡단하였다. 논두렁에 내려서자 재빠르게 •엄폐물(隱蔽物)[11]을 이용해 가며 걸음을 다그었다(옮기었다). 인제 앞산 밑까지는 불과 이백 미터밖에 안 된다. 그들은 약간의 안도감을 느끼고 걸음을 늦추었다. 그 때다. 돌연 일발의 총성과 더불어 한마디 비명을 남기고 누가 쓰러졌다. 모두 콱 눈 속에 엎드렸다.

일순간이 지났다. 도대체 총알은 어디서부터 날아온 것인가? 그

---

9 비극적 상황에 대한 서술.

10 객관적 상황을 제시하기 위해 1인칭에서 3인칭으로 시점이 변경됨.

11 야전에서, 적의 사격이나 관측으로부터 아군을 보호하는 데에 쓰이는 자연적 또는 인공적 장애물.

방향을 종잡을 수가 없다. 그가 적정을 살피려고 고개를 드는 순간

전투 상황이나 대치 상태에 있는 적의 특별한 동향이나 실태

또 총알이 날아왔다. 측면에서부터다. 모두 응전 자세를 취하기 위하여 대로 쪽으로 각도를 돌렸다.

그러나 절대적으로 불리하다. 놈들은 우리의 위치를 알고 있지만 우리는 적 쪽의 위치를 잡을 수가 없다. 그렇다고 이대로 언제껏 있을 수도 없다. 아무리 밤이라 할지라도 흰 눈 위다. 그들은 산기슭까지 필사적으로 포복을 단행하였다. 동시에 총알은 비오듯 집중된다. 비명과 더불어 소대장님, 하고 외치는 소리, 그는 눈을 꾹 감았다. 땀이 비 오듯 흐른다. 그는 눈을 꽉 감은 채 포복을 계속하였다. 의식이 다자꾸 흐린다.[12]

자꾸

산기슭 흰 눈 속에 덮인 관목 숲이 눈앞에서 뿌여니 흩어진다. 총성은 약간 잦아졌다. 산기슭으로 타고 오르는 순간 선임 하사가 쓰러졌다. 그는 선임 하사를 부축하고 끌며 산 속으로 산 속으로 들어갔다.

얼마나 산 속 깊이 들어왔는지도 모른다. 정신을 잃고 쓰러져 누웠을 때는 이미 새벽이 가까워서였다.

몹시 춥다. 몸을 약간 꿈틀거려 본다. 전 근육이 추위에 마비되어 감각을 잃은 것만 같다. 이제 모든 것이 끝나는 것이다. 퀴퀴한 냄새가 코를 찌른다. 어렴풋이 눈 속에 부서지는 구두 발자국 소리가 들려온다. 점점 가까워진다. 시간이 된 모양이다. 몸을 일으키려고 움직거려 본다. 잠시 몽롱한 시각(時刻)이 흐른다. 발자국 소리가 점점 멀어지기 시작하였다. 아무것도 아니다. 아무것도 아닌 것이다. 몹시 춥다. 왜 오다가 다시 돌아가는 것일까……. 몽롱하게 정신이

흩어진다.

전공과목은? 왜 동무는 법과를 선택했었소? 어렸을 때부터 동무는 출신 계급적인 인습 관념에 젖어 있었소. 그것을 버리시오.

나는 동무와 같은 인물을 아끼고 싶소. 나는 동무를 어느 때라도 맞아들일 마음의 준비를 가지고 있소. 문지방으로 스미어 오는 가는 실바람에 스칠 때마다 화롯불이 붉게 번지어 갔다.

나는 동무를 훌륭한 청년으로 보고 있소. 자, 담배를 태우시오.

꾸부러진 부젓가락으로 재 위를 헤칠 때마다 더욱 붉게 불꽃[13]이 번진다.

그렇다면 동무처럼 불쌍한 청년은 또 이 세상에 없을 거요. 나는 심히 유감스럽소. 동무의 그 태도가 참으로 유감이오. (인제 모든 것은 끝나는 것이다.) 왜 동무는 내 얼굴을 그렇게 차갑게 쳐다보고만 있소? 한 마디 대답도 없이 입을 다문 채…… 알겠소. 나는 동무가 지키고 있는 그 침묵으로 동무가 말하고 있는 그 모든 것을 이해할 수 있소. 유감이오.

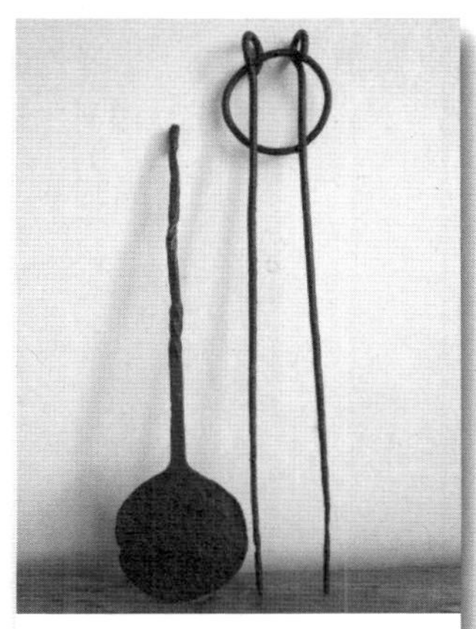
부젓가락 화로에 꽂아 두고 불덩이를 집거나 불을 헤치는 데 쓰는 쇠로 만든 젓가락.

주고받던 대화, 조그만 방안, 깨어진 질화로가 어렴풋이 머릿속을 스친다. 그는 무겁게 몸을 뒤틀었다. 희미하게 또 과거가 이어 온다.

그들이 정신을 잃고 쓰러졌을 때는 이미 새벽이 가까워서였다.

---

12 독백 형식의 진술로 사건 진행의 박진감을 느끼게 함.

13 여기서 '불꽃'은 '화롯불'과 함께 적의 심문에 대한 주인공의 강한 저항 의식을 나타냄.

산 속의 새벽은 아름답다. 눈 속에 덮인 산속의 새벽은 더욱 그렇다. 나뭇가지마다 소복이 쌓인 눈이 햇빛에 반짝인다. 해가 적이 높아졌을 때 그는 겨우 몸을 일으켰다. 선임 하사는 피에 붉게 젖은 한쪽 다리를 꽉 움켜쥔 채, 의식을 잃고 쓰러져 있다. 검붉은 피가 오른편 어깻죽지와 등허리에 짙게 얼룩져 있다. 그는 급히 선임 하사를 부축하여 일으켰다.

조용히 눈을 뜬다. 그리고 소대장을 보자 쓸쓸히 입가에 웃음을 지었다. 그 순간 그는 선임 하사를 꾹 그러안고 뺨을 비벼대었다. 단 둘뿐! 이제는 단둘이 남았을 뿐이었다.

"소대장님, 인제는 제 차례가 된 모양입니다."

그는 조용히 선임 하사의 얼굴을 지켰다. 슬픈 빛이라고는 조금도 없다. 오랜 군대 생활에 이겨 온 굳은 의지가 엿보일 뿐이다.

선임 하사, 그는 이차 대전 시 일본군에 소집되어 남양 전투에 종군하다 북지(北支)(중국의 화북 지역)로 이동, 일본의 항복과 더불어 포로 생활 이 개월을 거치고 팔로군(八路軍), 국부군(國府軍), 시조(시대 조류)가 변전(變轉)되는 대로 이역을 표류하다 고국으로 돌아와 다시 군문으로 들어선 것이었다. 군대 생활이 무엇보다도 재미있다는 그, 전투가 자기 생활 속에서 제일 신이 나는 순간이라는 그였다.[14]

"사람은 서로 죽이게끔 마련이오. 역사란 인간이 인간을 학살해 온 기록이니까요. 그렇게 생각지 않으시오? 난 전투가 제일 재미있소. 전투가 일어나면 호흡이 벅차고 내가 겨눈 총구에 적의 심장이 아른거릴 때마다 나는 희열을 느낍니다. 그 순간 역사가 조각되고 있는 것같이 느껴지거든요. 사람이란 별 게 아니라 곧 싸우는 것을 의미하고, 싸우다 쓰러지는 것을 의미할 겝니다."[15]

이것이 지금껏 살아온 태도였다. 이것뿐이다. 인제 그는 총에 맞았다. 자기 차례가 된 것을 알 뿐이다. 어렴풋이 희미한 기억을 타고 선임 하사의 음성이 떠오른다. 그는 몸을 조금 일으키려고 꿈지럭거리다가 그대로 털썩 쓰러졌다. 바른편 팔 위에 경련이 일어난 것이다. 혓바닥을 깨물고 고통의 일순을 넘겼다. 인제 모든 것은 끝나는 것이다. 선임 하사의 생각이 이어 온다.

"소대장님, 제 위치는 결정되었습니다. 안심하십시오."

분명히 말을 끝낸 선임 하사는 햇볕이 조용히 깃드는 양지쪽으로 기어가서 늙은 떡갈나무에 등을 기대고 앉았다.

햇볕을 받아가며 조용히 내리감은 눈, 비애도, 슬픔도, 고독도, 그 어느 하나도 없다. 다만 눈 속에 덮인 산 속의 적막, 이것이 그의 얼굴 위에 내릴 뿐이다. 의식을 잃은 듯 몸이 점점 비스듬히 허물어지다가 털썩 쓰러졌다. 그는 급히 다가가서 선임 하사를 일으키려 하였다. 그 순간 눈을 가늘게 떴다. 입가에 미소가 가벼이 흐른다. 햇볕이 따스히 그 입가의 미소를 지킨다.

"이대로……."

눈을 감았다. 잠시 가는 숨결이 중단되며 이어갔다.

무릎까지 파묻히는 눈 속을 헤치며 남쪽으로 남쪽으로 걸었다. 몇 번이고 의식을 잃고 그대로 쓰러졌다. 때로는 눈보라와 종일 싸

---

14 선임 하사에 대한 직접적 인물 제시.

15 전쟁에 대한 지은이의 생각이 선임 하사의 대화를 통해 간접적으로 드러나 있음.

워야 했고, 알 길 없는 방향을 더듬으며 헤매어야 했다. 발이 얼어 감각이 없다. 불안, 절망이 그를 엄습하기 시작하였다. 내가 잡은 이 방향이 정확한 것인가? 나의 지금 이 위치는? 상의할 아무도 없다. •나[16] 하나뿐. 그렇다고 이대로 서 있을 수도 없다. 그는 한 걸음 한 걸음 눈 속을 헤치며 걸었다. 어디까지 이렇게 걸어야 하는 것인가? 언제껏 이렇게 걸어야 하는 것인가? 밤이면 눈 속에 묻혀서 잤다. 해가 뜨면 또 걸어야 한다. 계곡, 비탈, 눈이 쌓인 관목 숲, 깎아 세운 듯 강파르게 솟은 산마루, 그는 몇 번이고 굴러 떨어졌다. 무릎이 깨어지고 옷이 찢어졌다. 피로와 기아, 밤이면 추위와 더불어 고독이 엄습한다. 악몽, 다시 뒤덮이는 악몽, 신음 끝에 눈을 뜨면 적막과 어둠뿐. 자주 흩어지는 의식은 적막 속에 영원히 파묻혀만 간다. 나는 이대로 영원히 눈 속에 묻혀 사라져 버리는 것이 아닌가? 그러나 밤은 지새고 또 새벽은 온다. 그는 일어났다. 눈 속을 또 헤쳐야 한다. 산세는 더욱 험악하여만 가고 비탈은 더욱 모질다. 그는 서너 길이나 되는 비탈길에서 감각을 잃은 발길의 헷갈림으로 굴러 떨어졌다. 잠시 의식을 잃었다가 다시 본정신이 돌기 시작하였을 때 그는 어떤 강한 충격으로 입술을 꽉 깨물었다. 전신이 쿡쿡 쑤신다. 그는 기다시피 하여 일어섰다. 부르쥔 주먹이 푸들푸들 떨고 있다. 세 길…… 네 길…… 까마득하다. 그러나 올라가야만 한다. 그는 입을 악물고 기어오르기 시작하였다. 정신이 다자꾸 흐린다. 하늘이 빙그르르 돈다. 그는 눈을 꽉 감고 나무 뿌리를 움켜쥔 채 잠시 정신을 가다듬는다. 또 기

관목 보통 사람의 키보다 작고 밑동에서 가지를 많이 치는 나무를 말함.

어오른다. 나무 뿌리가 흔들릴 때마다 눈덩어리와 흙덩어리가 부서져 내린다. 악전 끝에 그는 비탈에 도달하였다. 도달하던 순간 그는 의식을 잃고 그대로 쓰러졌다.

전개 선임 하사의 죽음과 홀로 남하하게 된 나

밤이 온다.

또 새벽이 온다. 그는 모든 것을 잃었다. 한 발자국, 한 발자국, 눈을 헤치며 발걸음을 옮기는 이것이 그에게 남은 전부였다. 총을 둘러멜 기운도 없이 허리에다 붙들어 매었다. 그는 다자꾸 흩어지는 의식을 가다듬어 가며 발을 옮겼다.

한 주일째 되던 저녁, 어슴푸레하게 저녁이 깃들 무렵 그는 이 험한 준령(峻嶺)을 정복하고야 말았다.

다음날, 해가 어언간 높아졌을 무렵에 그는 눈을 떴다. 그는 순간 놀라지 않을 수 없었다. 바로 눈앞 C자형으로 산줄기가 돌아 나간 그 움푹 파인 복판에 집들이 점점이 산재하여 있는 것이 아닌가! 이것을 모르고 눈 속에서 밤을 보냈다니…… 소복이 집들이 둘러앉은 마을! 가슴이 뭉클하고 눈물이 핑 돌았다. 그는 눈물을 머금으며 마을로 내려갔다. 마을 어귀에 다다랐다. 집 문들이 제멋대로 열어젖혀진 채 황량하다. 눈이 마을 하나 가득히 쌓인 채 발자국 하나 없다. 돼지우리, 소 헛간, 아! 사람들이 사는 곳! 그는 방 안으로 들어갔다. 열어젖힌 장롱…… 방바닥 하나 가득히 먼지 속에 흩어진 물건

---

16 자기의식을 현재적으로 서술하는 화자로서의 주인공.

들…… 옷! 찢어진 낡은 옷들![17]

그는 그 옷들을 주워서 꽉 움켜쥐었다. 사람 냄새…… 땟국에 젖은 사람 냄새…… 방안을 둘러본다. 너무도 황량하다. 사람이 사는 곳이 이렇게 황량해질 수는 없는 것만 같이 느껴진다. 아무리 몇 번이고 보아 온 그것이었다 할지라도…….

그 순간 그는 이상한 발자국 소리를 듣고 한쪽 벽으로 몸을 피했다. 흙이 부서진 벽 구멍으로 밖의 동정을 살폈다. 아무 일도 없는 것 같다. 스산한 내 정신의 탓인가? 그러나 다음 순간 그는 확실히 사람들의 음성을 들은 것 같았다. •기대와 긴장이 동시에 서린다.[18] 그는 담 구멍을 통하여 사방을 유심히 살폈다. 약 오십 미터쯤 떨어진 맞은편 초가집 뒤 언덕을 타고 한 떼가 몰려가고 있다. 그들은 얼마 안 가 걸음을 멈추었다.

멀리서 보기에도 확실히 군인임엔 틀림없다. 미군 전투 복장도 끼여 있는 듯하다. 벌써 아군 선(지역) 내에 들어와 있는 것인가? 그러면……? 그는 숨죽여 이 광경을 지키고 있었다. 그러나 좀 수상쩍은 데가 있었다. 누비옷을 입은 군인의 그 누비옷의 형식이 문제다. 그는 좀 더 자세히 이 정체를 파악하기 위하여 맞은편 초가집으로 옮겨가지 않으면 안 되었다. 그는 담벽을 따라 교묘히 소 헛간과 짚 낟가리 등, 엄폐물을 이용하여 그 집 뒷마당까지 갈 수 있었다. 뒷 담장에 몸을 숨기고 무너진 담 구멍으로 그들의 일거일동을 지켰다. 눈앞의 그림자처럼 아른거린다. 그들이 주고받는 말소리가 간간이 들려온다.

동무…… 총살, 이 두 마디가 그의 머릿속에 못 박혔다. 눈앞이 아찔한다. 그는 더욱 정신을 가다듬고 그들의 일거일동을 살폈다. 머리가 텁수룩하고 야윈 얼굴에, 내의 바람의 한 청년이 양 손을 등 뒤로 묶인 채 맨발로 서 있는 것이 눈에 띄었다.

"동무는 우리 인민의 처사에 대하여 이의가 있소?"

그 위엄으로 보아 대장인가 싶다.

"생명체와 도구와는 다른 것이오. 내 이상 더 무엇을 말하고 싶겠소? 나는 포로가 되었을 때 비로소 내가 확실히 호흡하고 있는 인간이라는 것을 알았을 뿐이오. 나는 기쁘오. 내가 한 개의 기계나, 도구가 아니었다는 것, 하나의 생명체인 인간으로서 살아 있었다는 것, 그리고 인간으로서 죽어 간다는 것, 이것이 한없이 기쁠 뿐입니다."

명확한 차가운 음성이었다.

"좋소."

경멸적인 조소가 입술에 어렸다.
비웃음

"이 둑길을 따라 똑바로 걸어가시오. 남쪽으로 내닫는 길이오. 그처럼 가고 싶어 하던 길이니 유감은 없을 것이오."

피해자는 돌아섰다. 한 발자국, 한 발자국 걷기 시작하였다. 뒤에서 두 놈이 총을 재었다.

바야흐로 불길을 뿜으려는 총구를 등 뒤에 받으며 조금도 주저
점점 더
없이 정확한 걸음걸이로 피해자는 눈길을 맨발로 헤쳐가고 있었다. 인제 몇 발의 총성과 더불어 그는 무참히 쓰러지고 말 것이다. 곧바로 정면에 눈 준 채 조금도 흩어질 줄 모르는 그의 침착한 걸음

---

17 전쟁의 참상에 대한 객관적 서술.

18 새로운 사건 전개 예고.

혹독한 추위에서도 죽음을 각오하고 행군을 멈출 수 없는 소대원들의 모습을 통해 전쟁의 비극을 느낄 수 있다.

걸이…….

눈앞이 빙빙 돈다. 그는 마치 저 언덕길을 걸어가고 있는 것이 자기인 것만 같았다. 순간 그는 총을 꽉 움켜쥐었다. 내일을 위해 오늘의 싸움을 피한다는 것은 비겁한 수단이다. 지금 저 눈길을 걸어가고 있는 피해자는 그가 아니라 나 자신이다. 내가 지금 피살당하러 가고 있는 것이다. 쏴야 한다. 그는 사수를 겨누었다. 숨죽이는 순간, 이미 그의 두 총구에서는 빗발같이 총알이 쏟아져 나갔다. 쓰러진다. 분명히 두 놈이 쓰러졌다. 그는 다음다음 연달아 쏘았다. 일순간이 지나자 응수가 왔다. 이마에선 줄곧 땀이 흐른다. 눈앞이 돈다. 전신의 근육이 개머리판의 진동에 따라 약동한다. 의식이 자주 흐린다. 그는 푹 고개를 묻고 쓰러졌다. 위기일발, 다시 겨눈다. 또, 어깨 위에 급격한 진동이 지나간다. 다자꾸 흩어지는 의식, 놈들의 사격이 뚝 그쳤다. 적은 전후 좌우방으로 흩어져서 육박하여 오고 있다. 의식을 잃은 난사. 그는 벌떡 일어섰다.

그 순간 푹 쓰러졌다. 의식이 깜빡 사라진다. 갓 지나간 격렬한 총성의 여음이 귓가에서 감돈다. 몸 어느 한구석이 쿡쿡 찌르고 끈적끈적한 액체가 흘러내리고 있는 것 같다. 소리가 난다. 무엇이 다가오고 있다. 머리를 쾅하고 내리친다. 그 순간 의식을 잃었다.

바른편(오른쪽) 팔 위에 격통이 일어난다. 그는 간신히 왼편 손으로 바른편 팔을 얼쓸어 더듬었다. 손끝에 오는 감촉이 끈적끈적하다. 손을 떼었다.

눈앞으로 가져갔다. 그 손끝과 손가락 사이에는 피, 검붉은 피가 흠뻑 젖어 있다. 어디선가 두런두런 말소리가 들린다. 담배 연기가 자욱하다. 먼지와 거미줄이 뽀야니 늘어붙은 찢어진 천장 구멍으로 사라져 간다. 방 안이다. 방안에 눕혀져 있는 것이다. 이따금 흰 눈을 밟고 지나가는 발자국 소리가 희미한 의식 속에 떠오른다. 점점 멀어져가는 발자국 소리를 따라서 그의 의식도 희미해진다.

위기 국군 처형 장면을 목격하고 총을 쏘다 체포됨

그 후 몇 번이고 심문이 지나갔다. 모든 것은 결정되었다.

인제 모든 것은 끝나는 것이다. 얼음장처럼 밑이 차다. 아무 생각도 없다. 전신의 근육이 감각을 잃은 채 이따금 경련을 일으킨다. 발자국 소리가 난다. 말소리도. 시간이 되었나 보다. 문이 삐그덕거리며 열리고 급기야 어둠을 헤치고 흘러들어오는 광선을 타고 사닥다리가 내려올 것이다. 숨죽인 채 기다린다. 일순간이 지났다. 조용하다. 아무런 동정도 없다. 어쩐 일일까?…… 몽롱한 의식의 착오 탓인가. 확실히 구둣발 소리다. 점점 가까워 오는…… 정확한……. 그는 몸을 일으키려 애썼다. 고개를 들었다. 맑은 광선이 눈부시게 흘러들어온다. 사닥다리다.

"뭐 하고 있어! 빨리 나와!"

착각이 아니었다.

그들은 벌써부터 빨리 나오라고 고함을 지르며 독촉하고 있었다. •한 단 한 단 정신을 가다듬고 감각을 잃은 무릎을 힘껏 고여 짚으며 기어올랐다.[19] 입구에 다다르자 억센 손아귀가 뒷덜미를 움켜쥐고 끌어당겼다. 몸이 밖으로 나가는 순간 눈 속에서 그대로 머리를 박고 쓰러졌다. 찬 눈이 얼굴 위에 스치자 정신이 돌아왔다. 일어서야만 한다. 그리고 정확히 걸음을 옮겨야 한다. 모든 것은 인제 끝나는 것이다. 끝나는 그 순간까지 정확히 나를 끝맺어야 한다.

그는 눈을 다섯 손가락으로 꽉 움켜 짚고 떨리는 다리를 바로 잡아가며 일어섰다. 그리고 한 걸음 한 걸음 정확히 걸음을 옮겼다. 눈은 의지적인 신념으로 차가이 빛나고 있었다.

본부에서 몇 마디 주고받은 다음, 준비 완료 보고와 집행 명령이 뒤이어 떨어졌다.

눈에 함빡 쌓인 흰 둑길이다. 오! 이 둑길…… 몇 사람이나 이 둑길을 걸었을 거냐. 훤칠히 트인 벌판 너머로 마주 선 언덕, 흰 눈이다. 가슴이 탁 트이는 것 같다. 똑바로 걸어가시오. 남쪽으로 내닫는 길이오. 그처럼 가고 싶어 하던 길이니 유감없을 거요. 걸음마다 흰 눈 위에 발자국이 따른다. 한 걸음 두 걸음 정확히 걸어야 한다. 사수(射手) 준비! 총탄 재는 소리가 바람처럼 차갑다. 눈앞에 흰 눈뿐, 아무것도 없다. 인제 모든 것은 끝난다. 끝나는 그 순간까지 정확히 끝을 맺어야 한다. •끝나는 일 초, 일각까지 나를, 자기를 잊어서는 안 된다.[20]

걸음걸이는 그의 의지처럼 또한 정확했다. 아무리 한 걸음, 한 걸음 다다가는 걸음걸이가 죽음에 접근하여 가는 마지막 길일지라도 결코 허튼, 불안한, 절망적인 것일 수는 없었다. 흰 눈, 그 속을 걷고 있다. 훤칠히 트인 벌판 너머로, 마주선 언덕, 흰 눈이다. 연발하는

19 절망 속에서도 생명체로서 자기 의지를 다지려는 표현.

20 전쟁의 비극성에 대한 휴머니즘(humanism, 인본주의)적 강조.

한국전쟁 당시 남한 지역에서만 민간인 약 100만 명 이상이 죽거나 실종되었다. 군인은 약 5만여 명이 전사했다고 알려져 있다.

총성. 마치 외부 세계의 잡음만 같다. 아니 아무것도 아닌 것이다. 그는 흰 속을 그대로 한 걸음, 한 걸음 정확히 걸어가고 있었다. 눈 속에 부서지는 발자국 소리가 어렴풋이 들려온다. 두런두런 이야기 소리가 난다. 누가 뒤통수를 잡아 일으키는 것 같다. •뒤 허리에 충격을 느꼈다.[21] 아니, 아무것도 아니다. 아무것도 아닌 것이다.

•흰 눈이 회색빛으로 흩어지다가 점점 어두워 간다.[22] 모든 것은 끝난 것이다. 놈들은 멋적게 총을 다시 거꾸로 둘러메고 본부로 돌아들 갈 테지. 눈을 털고 추위에 손을 비벼 가며 방안으로 들어갈 것이다. 몇 분 후면 화롯불에 손을 녹이며 아무 일도 없었던 듯 담배들을 말아 피우고 기지개를 할 것이다. 누가 죽었건 지나가고 나면 아무것도 아니다. 모두 평범한 일인 것이다. 의식이 점점 그로부터 어두워갔다. •흰 눈[23] 위다. 햇볕이 따스히 눈 위에 부서진다.

결말 전쟁의 비극성과 반인륜성

출전 :『한국일보』, 1955

21 총에 맞아 죽는 순간.

22 의식의 변화를 색채를 통해 나타냄.

23 배경을 이루는 중심적 이미지. 절망적 상황을 고조시키고 전쟁 속의 인간 존재를 무의미하게 만드는 상징적 소재임.

작품 줄거리

소대장인 그가 인솔한 수색대는 북으로 진격하면서 몇 차례 전투를 벌인다. 적의 배후 깊숙이 들어간 그의 부대는 본대와의 연락이 끊어졌다. 눈 속에 쓰러진 부하들을 버려 둔 채 여섯 명만이 눈을 헤치며 ××지점에 이르렀다.

어두워질 때까지 기다렸다가 대로(大路)를 횡단하는데, 돌연 일 발의 총성과 함께 누군가가 쓰러진다. 선임하사였다. 그는 선임하사를 부축하고 산 속으로 들어갔다. 산 속에서 선임하사는 슬픈 빛이라고는 조금도 없이 입가에 미소를 지으며 죽어 간다.

그는 무릎까지 파묻히는 눈 속을 헤치면서 남쪽을 향해 걷다 몇 번이나 정신을 잃는다. 불안과 절망, 피로와 굶주림, 추위와 고독 속에서 헤매던 중 그는 인적 없는 황량한 마을에 들어가고, 그곳에서 그는 이상한 발소리를 듣는다. 한쪽 벽에 몸을 숨기고 보니 인민군들이 한 청년을 죽음의 둑길로 내몰고 총을 겨누고 있다. 그는 인민군을 향해 총을 난사했다. 두 놈이 쓰러졌다. 일순간이 지나자 인민군이 응수를 해 왔다. 반격을 받은 그는 의식을 잃는다.

이후 체포되어 몇 번의 심문이 있었고 모든 것이 결정된다. 몸을 웅크린 채 움 속 감방에 쓰러져 한 시간 후면 모든 것이 끝날 거라고 생각한다. 이제 그도 그들에게 끌려가 예정대로 남쪽으로 뻗어 있는 둑길을 걷다 총살될 것이다. 그는 목숨이 다하는 마지막 순간까지 정확히 자신의 삶을 끝맺어야 한다고 생각하며 둑길을 걸어간다.

작가 파일

오상원 1930~1985

소설가로 평안북도 선천에서 태어났다. 1953년 서울대 불문과를 졸업하고, 1955년 한국일보 신춘문예에 「유예」가 당선되어 문단에 등단했다. 그는 주로 6 · 25 전쟁 전후 사회와 개인의 삶, 정치적 상황에 관심을 보였으며, 1950년대의 사회 성격을 가장 잘 표현하는 작가 중 한 사람이라는 평가를 받았다. 주요 작품에 「백지의 기록」 등이 있다.

독후 활동

1 이 소설에서 제목인 '유예'와 '흰 눈'이 갖는 의미에 대해 말해 보자.

2 다음 글은 이 소설의 마지막 부분이다. 아래 제시된 두 그림과 비교하여 '전쟁의 비극성'에 대해 말해 보자.

> 놈들은 멋적게 총을 다시 거꾸로 둘러메고 본부로 돌아들 갈 테지. 눈을 털고 주위에 손을 비벼 가며 방안으로 들어갈 것이다. 몇 분 후면 화롯불에 손을 녹이며 아무 일도 없었던 듯 담배를 말아 피우고 기지개를 할 것이다. 누가 죽었건 지나가고 나면 아무 것도 아니다. 모두 평범한 일인 것이다.

▲ 에두아르 마네의 〈막시밀리안 황제의 처형〉

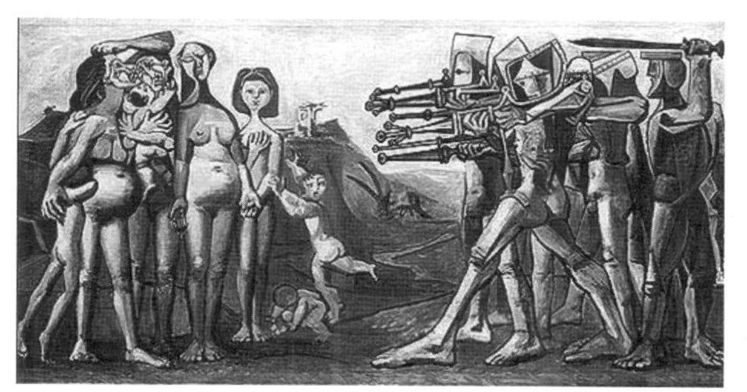

▲ 파블로 피카소의 〈한국에서의 학살〉

이 소설은 일제에 의해 한 팔을 잃은 아버지와 6 · 25 전쟁으로 한쪽 다리를 잃은 아들의 만남, 즉 2대에 걸친 수난을 통해 민족사적 비극을 드러낸다. 그러나 이 소설은 그 같은 역사적 사건의 재확인에 그치지 않고, 차례로 팔과 다리를 잃은 이 두 세대가 서로 협력하여 딛고 일어서는 재기를 위한 화합을 기본 주제로 하고 있다.

소설에서 외나무다리는 단순한 배경 요소에 그치지 않고, 사건의 구성에 적극적으로 기여하는 핵심 역할을 한다. 따라서 우리는 이 소설을 읽으며 비극적 상처와 고통을 서로 감싸고 도우면서 역사적 시련을 극복해 가려는 두 부자(父子)의 의지를 놓치지 말아야 한다.

하근찬

수난이대

핵심정리

갈래 단편 소설. 전후(戰後) 소설
배경 시간 : 일제 말기부터 6 · 25 전쟁까지
공간 : 1950년대의 어느 한적한 시골
시점 3인칭 전지적 작가 시점과 작가 관찰자 시점 혼용
주제 수난으로 일관된 현대사의 비극적 단면과 극복의 의지

진수가 돌아온다. 진수가 살아서 돌아온다.[1]

아무개는 전사했다는 통지가 왔고, 아무개는 죽었는지 살았는지 통 소식이 없는데, 우리 진수는 살아서 오늘 돌아오는 것이다. 생각할수록 어깻바람이 날 일이다. 그래 그런지 몰라도 박만도는 여느 때 같으면 아무래도 한두 군데 앉아 쉬어야 넘어설 수 있는 용머리재를 단숨에 올라채고 만 것이다. 가슴이 펄럭거리고 허벅지가 뻐근했다. 그러나 그는 고갯마루에서도 쉴 생각을 하지 않았다. 들 건너 멀리 바라보이는 정거장에서 연기가 물씬물씬 피어오르며 삐익 기적 소리가 들려 왔기 때문이다. 아들이 타고 내려올 기차는 점심때가 가까워 도착한다는 것을 모르는 바 아니다. 해가 이제 겨우 산등성이 위로 한 뼘가량 떠올랐으니, 오정이 되려면 아직 차례 멀은 것이다. 그러나 그는 공연히 마음이 바빴다. 까짓것, 잠시 앉아 쉬면 뭐할 기고.

등장인물

이 소설에는 아버지 박만도와 아들 진수, 그리고 주막집 여인이 등장한다.
박만도는 제2차 세계대전 당시 징용으로 끌려가 팔을 하나 잃는다.
수난을 극복하려는 의지적 인물로 성격이 다소 급하고 직선적이다.
박진수는 박만도의 아들로 6·25 전쟁에 참전했다가 한쪽 다리를 잃고 돌아온다.
아버지와 마찬가지로 자기에게 닥친 사태를 감수하며 살아가는 긍정적인 인간이다.
주막집 여인은 부자 간의 우울한 기분을 해소시켜 주는 분위기 조정자 역할을 한다.

만도는 손가락으로 한쪽 콧구멍을 찍 누르면서 팽! 마른 코를 풀어 던졌다. 그리고 휘청휘청 고갯길을 내려간다.

내리막은 오르막에 비하면 아무것도 아니었다. 대고(자꾸) 팔을 흔들라치면 절로 굴러 내려가는 것이다. •만도는 오른쪽 팔만을 앞뒤로 흔들고 있었다.[2] 왼쪽 팔은 조끼 주머니에 아무렇게나 쑤셔 넣고 있는 것이다. 삼대독자가 죽다니 말이 되나, 살아서 돌아와야 일이 옳고 말고. 그런데 병원에서 나온다 하니 어디를 좀 다치기는 다친 모양이지만, 설마 나같이 이렇게야 되지 않았겠지. 만도는 왼쪽 조끼 주머니에 꽂힌 소맷자락을 내려다보았다. 그 소맷자락 속에는 아무것도 든 것이 없었다. 그저 소맷자락만이 어깨 밑으로 덜렁 처져 있는

---

1 반복적으로 강조하여 독자의 흥미를 유발함.

2 불구자임을 암시함.

것이다. 그래서 노상 그쪽은 조끼 주머니 속에 꽂혀 있는 것이다. 볼기짝이나 장딴지 같은 데를 총알이 약간 스쳐갔을 따름이겠지. 나처럼 팔뚝 하나가 몽땅 달아날 지경이었다면 그 엄살스런 놈이 견뎌 냈을 턱이 없고말고. •슬며시 걱정이 되기도 하는 듯, 그는 속으로 이런 소리를 주워섬겼다.[3]

내리막길은 빨랐다. 벌써 고갯마루가 저만큼 높이 쳐다보이는 것이다. 산모퉁이를 돌아서면 이제 들판이다. 내리막길을 쏘아 내려 온 기운 그대로, 만도는 들길을 잰 걸음 쳐 나가다가 개천 둑에 이르러서야 걸음을 멈추었다. 외나무다리가 놓여 있는 조그마한 시냇물이었다. 한여름 장마철에는 들어설라치면 배꼽이 묻히는 수도 있었지마는, 요즈막엔 무릎이 잠길 듯 말듯 한 물인 것이다. 가을이 깊어지면서부터 물은 밑바닥이 환히 들여다보일 만큼 맑아져 갔다. 소리도 없이 미끄러져 내려가는 물을 가만히 내려다보고 있으면 절로 잇속이 시려 온다.

만도는 물 기슭에 내려가서 쭈그리고 앉아 한 손으로 고의춤(허리춤)을 풀어 헤쳤다. 오줌을 찌익 갈기는 것이다. 거울 면처럼 맑은 물위에 오줌이 가서 부글부글 끓어오르며 뿌우연 거품을 이루니 여기저기서 물고기 떼가 모여든다. 제법 엄지손가락만씩한 피리도 여러 마리다. 한 바가지 잡아서 회쳐 놓고 한 잔 쭈욱 들이켰으면……. 군침이 목구멍에서 꿀꺽했다. 고기 떼를 향해서 마른 코를 팽팽 풀어 던지고, 그는 외나무다리를 조심히 디뎠다.

길이가 얼마 되지 않는 다리였으나 아래로 몸을 내려다보면 제법 아찔했다. 그는 이 외나무다리를 퍽 조심한다.

언젠가 한번, 읍에서 술이 꽤 되어가지고 흥청거리며 돌아오다가, 물에 굴러 떨어진 일이 있었던 것이다. 지나치는 사람이 없었기에 망정이지, 누가 보았더라면 큰 웃음거리가 될 뻔했었다. 발목 하나를 약간 접쳤을 뿐, 크게 다친 데는 없었다. 이른 가을철이었기 때문에 옷을 벗어 둑에 널어놓고 말릴 수는 있었으나 여간 창피스러운 것이 아니었다. 옷이 말짱 젖었다거나 옷이 마를 때까지 발가벗고 기다려야 한다거나 해서가 아니었다. 팔뚝 하나가 몽땅 잘라져 나간 흉측한 몸뚱이를 하늘 앞에 드러내 놓고 있어야 했기 때문이었다. 지나치는 사람이 있을라치면, 하는 수없이 물속으로 뛰어 들어가서 얼굴만 내놓고 앉아 있었다. 물이 선뜩해서 아래턱이 덜덜거렸으나, 오그라붙는 사타구니를 한 손으로 꽉 움켜쥐고 버티는 수밖에 없었다.[4]

"흐흐흐……."

그때 일을 생각하면 지금도 곧 웃음이 터져 나오는 것이다. 하늘로 쳐들린 콧구멍이 연방 벌름거렸다.

개천을 건너서 논두렁길을 한참 부지런히 걸어가노라면 읍으로 들어가는 한길이 나선다. 도로변에 먼지를 부옇게 덮어쓰고 도사리고 앉아 있는 초가집은 주막이다. 만도가 읍네 나올 때마다 꼭 한 번씩 들르곤 하는 단골집인 것이다. 이 집 눈썹이 짙은 여편네와는 예사로 농을 주고받는 사이다.

술 방문턱을 들어서며 만도가,

---

3 불안한 심리 상태. 이후 전개될 사건에 대한 암시가 나타나 있음.

4 과거 회상 부분. 고난의 상징인 '외나무다리'를 강조하기 위해 설정된 에피소드.

"서방님 들어가신다."

하면, 여편네는,

"아이 문둥아 어서 오느라."

하는 것이 인사처럼 되어 있었다. 만도는 여간 언짢은 일이 있어도 이 여편네의 궁둥이 곁에 가서 앉으면 속이 절로 쑥 내려가는 것이었다.

주막 앞을 지나치면서 만도는 술방 문을 열어 볼까 했으나, 방문 앞에 신이 여러 켤레 널려 있고, 방안에서 웃음소리가 요란하기 때문에 돌아오는 길에 들르기로 했다.

신작로에 나서면 금시 읍이었다. 만도는 읍 들머리(입구)에서 잠시 망설이다가, 정거장 쪽과는 반대되는 방향으로 걸음을 옮겼다. 장거리를 찾아가는 것이었다. 진수가 돌아오는데 고등어[5]나 한 손[6] 사 가지고 가야 될 거 아닌가 싶어서였다. 장날은 아니었으나, 고깃전에는 없는 고기가 없었다. 이것을 살까 하면 저것이 좋아 보이고 그것을 사러 가면 또 그 옆의 것이 먹음직해 보였다. 한참 이리저리 서성거리다가 결국은 고등어 한 손이었다. 그것을 달랑달랑 들고 정거장을 향해 가는데, 겨드랑 밑이 간질간질해 왔다. 그러나 한쪽밖에 없는 손에 고등어를 들었으니 참 딱했다. 어깻죽지를 연방 위아래로 움직거리는 수밖에 없었다.[7]

정거장 대합실에 들어선 만도는 먼저 벽에 걸린 시계부터 바라보았다. 두 시 이십 분이었다. 벌써 두 시 이십 분이라니 내가 잘못 보았나? 아무리 두 눈을 씻고 보아도 시계는 틀림없는 두 시 이십 분이었다. 한쪽 걸상에 가서 궁둥이를 붙이면서도 곧장 미심쩍어 했다. 두 시 이십 분이라니, 그럼 벌써 점심때가 겨웠단(지났단) 말인가? 말도 아닌 것이다. 자세히 보니 시계는 유리가 깨어졌고 먼지가 꺼멓게 앉아 있었다. 그러면 그렇지, 엉터리였다. 벌써 그렇게 되었을 리가 없는 것이다.

"여보이소, 지금 몇 싱교?"[8]

맞은편에 앉은 양복쟁이한테 물어 보았다.

"열 시 사십 분이오."

"예, 그렁교."

만도는 고개를 굽실하고는 두 눈을 연방 껌벅거렸다. 열 시 사십 분이라, 보자 그럼 아직도 한 시간이나 넘어 남았구나. 그는 안심이 되는 듯 후유, 숨을 내쉬었다. 궐련 담배를 한 개 빼물고 불을 댕겼다. 정거장 대합실에 와서 이렇게 도사리고 앉아 있노라면, 만도는 곧잘 생각나는 일이 한 가지 있었다. 그 일이 머리에 떠오르면 등골을 찬 기운이 쫙 스쳐 내려가는 것이었다.[9]

손가락이 시퍼렇게 굳어진 이끼 낀 나무토막 같은 팔뚝이 지금도 저만큼 눈앞에 보이는 듯했다.[10]

발단 아들 마중에 들떠 있는 만도

5 만도의 진수에 대한 애정이 깃들어 있는 소재.
6 물건을 집을 때 한번에 집을 수 있는 양, 고등어 두 마리 정도.
7 인물의 행동을 통한 빈궁한 생활에 대한 묘사.
8 사건의 현장성과 향토색을 살리는 사투리.
9 이후 일어날 사건에 대한 암시. 불안, 긴장감이 드러나는 표현.
10 담뱃불을 매개로 과거 회상에 들어가는 부분.

바로 이 정거장 마당에 백 명 남짓한 사람들이 모여 웅성거리고 있었다. 그 중에는 만도도 섞여 있었다. 기차를 기다리고 있는 것이었으나, 그들은 모두 자기네들이 어디로 가는 것인지 알지를 못했다. 그저 차를 타라면 탈 사람들이었다. •징용[11]에 끌려 나가는 사람들이었다. 그러니까, 지금으로부터 십이삼 년 옛날의 이야기인 것이다.

북해도 일본의 홋카이도를 말함.

북해도* 탄광으로 갈 것이라는 사람도 있었고 틀림없이 남양군도로 간다는 사람도 있었다. 더러는 만주로 가면 좋겠다고 하기도 했다. 만도는 북해도가 아니면 남양군도일 것이고, 거기도 아니면 만주겠지, 설마 저희들이 하늘 밖으로야 끌고 가겠느냐고 아무렇지도 않은 듯이 그 들창코로 담배 연기를 푹푹 내뿜고 있었다. 그러나 마음이 좀 덜 좋은 것은 마누라가 저쪽 변소 모퉁이 벚나무 밑에 우두커니 서서 한눈도 안 팔고 이쪽만을 바라보고 있는 때문이었다. 그래서 그는 주머니 속에 성냥을 두고도 옆 사람에게 불을 빌리자고 하며 슬며시 돌아서 버리곤 했다.

남양군도: 남양에 있는 여러 섬

플랫폼으로 나가면서 뒤를 돌아보니 마누라는 울 밖에 서서 수건으로 코를 눌러대고 있는 것이었다. 만도는 코허리가 찡했다. 기차가 꽥꽥 소리를 지르면서 덜커덩! 하고 움직이기 시작했을 때는 정말 덜 좋았다. 눈앞이 뿌우옇게 흐려지는 것을 어쩌지 못했다. 그러나 정거장이 까맣게 멀어져 가고 차창 밖으로 새로운 풍경이 휙휙 날아들자, 그만 아무렇지도 않아지는 것이었다. •오히려 기분이 유쾌해지는 것 같기도 했다.[12]

바다를 본 것도 처음이었고, 그처럼 큰 배에 몸을 실어 본 것은 더구나 처음이었다. 배 밑창에 엎드려서 꽥꽥 게워내는 사람들이 많았으나, 만도는 그저 골이 좀 띵했을 뿐 아무렇지도 않았다. 더러는 하루에 두 개씩 주는 뭉치밥을 남기기도 했으나, 그는 한꺼번에 하룻 것을 뚝딱해도 시원찮았다.

모두들 내릴 준비를 하라는 명령이 떨어진 것은 사흘째 되는 날 황혼 때었다. 제가끔 봇짐을 챙기기에 바빴다. 만도도 호박덩이만 한 보따리를 옆구리에 덜렁 찼다. 갑판 위에 올라가 보니 하늘은 활활 타오르고 있고, 바닷물은 불에 녹은 쇠처럼 벌겋게 출렁거리고 있었다. 지금 막 태양이 물위로 뚝딱 떨어져 가는 것이었다. 햇덩어리가 어쩌면 그렇게 크고 붉은지 정말 처음이었다. 그리고 바다 위에 주황빛으로 번쩍거리는 커다란 산이 둥둥 떠 있는 것이었다. •무시무시하도록 황홀한 광경에 모두들 딱 벌어진 입을 다물 줄 몰랐다. 만도는 어깨마루를 버쩍 들어 올리면서, 히야 고함을 질러댔다. 그러나, 섬에서 그들을 기다리고 있는 것은 숨 막히는 더위와 강제 노동과 그리고, 잠자리만씩이나 한 모기 떼……. 그런 것뿐이었다.[13]

섬에다가 비행장을 닦는 것이었다. 모기에게 물려 혹이 된 자리를 벅벅 긁으며, 비오듯 쏟아지는 땀을 무릅쓰고, 아침부터 해가 떨어질 때까지 산을 허물어 내고, 흙을 나르고 하기란, 고향에서 농사일에 뼈가 굳어진 몸에도 이만저만한 고역이 아니었다. 물도 입에

---

11 일제시대, 조선 사람을 강제로 끌어다 부리던 일.

12 만도의 낙천적 성격.

13 대조적 표현으로 이후의 처절한 고통을 암시함.

맞지 않았고, 음식도 이내 변하곤 해서 도저히 견디어 낼 것 같지가 않았다. 게다가 병까지 돌았다. 일을 하다가도 벌떡 자빠지기가 예사였다. 그러나 만도는 아침저녁으로 약간씩 설사를 했을 뿐, 넘어지지는 않았다. 물도 차츰 입에 맞아 갔고, 고된 일도 날이 감에 따라 몸에 배어드는 것이었다. 밤에 날개를 차며 몰려드는 모기떼만 아니면 그냥저냥 배겨내겠는데, 정말 그놈의 모기들만은 질색이었다.

사람의 일이란 무서운 것이었다. 그처럼 험난하던 산과 산 틈바구니에 비행장을 다듬어 내고야 말았던 것이다. 허나 일은 그것으로 끝나는 것이 아니고, 오히려 더 벅찬 일이 닥치는 것이었다. 연합군의 비행기가 날아들면서부터 일은 밤중까지 계속되었다. 산허리에 굴을 파들어 가는 것이었다. 비행기를 집어넣을 굴이었다. 그리고 모든 시설을 다 굴속으로 옮겨야 하는 것이었다.

여기저기 다이너마이트 튀는 소리가 산을 흔들어댔다. 앵앵앵하고 공습경보가 나면 일을 하던 손을 놓고 모두가 굴 바닥에 납작납작 엎드려 있어야 했다. 비행기가 돌아갈 때까지 그러고 있는 것이었다. 어떤 때는 근 한 시간 가까이나 엎드려 있어야 하는 때도 있었는데 차라리 그것이 얼마나 편한지 몰랐다. 그래서 더러는 공습이 있기를 은근히 기다리기도 했다. 때로는 공습경보의 사이렌을 듣지 못하고 그냥 일을 계속하는 수도 있었다. 그럴 때는 모두 큰 손해를 보았다고 야단들이었다. 어떻게 된 셈인지 사이렌이 미처 불기 전에 비행기가 산등성이를 넘어 달려드는 수도 있었다. 그럴 때는 정말 질겁을 하는 것이었다. 가장 많은 손해를 입는 것도 그런 경우였다. 만도가 한쪽 팔뚝을 잃어버린 것도 바로 그런 때의 일이었다.

여느 날과 다름없이 굴속에서 바위를 허물어 내고 있었다. 바위 틈서리에 구멍을 뚫어서 다이너마이트를 장치하는 것이었다. 장치가 다 되면 모두 바깥으로 나가고, 한 사람만 남아서 불을 당기는 것이다. 그리고 그것이 터지기 전에 얼른 밖으로 뛰어나와야 되었다. 만도가 불을 당기는 차례였다. 모두 바깥으로 나가 버린 다음 그는 성냥을 꺼냈다. •그런데 웬 영문인지 기분이 께름칙했다.[14] 모기에게 물린 자리가 자꾸 쑥쑥 쑤시는 것이다. 긁적긁적 긁어댔으나 도무지 시원한 맛이 없었다. 그는 이맛살을 찌푸리면서 성냥을 득 그었다. 그래 그런지 몰라도, 불은 이내 픽 하고 꺼져 버렸다. 성냥 알맹이 네 개째에서 겨우 심지에 불이 당겨졌다. 심지에 불이 붙는 것을 보자 그는 얼른 몸을 굴 밖으로 날렸다. 바깥으로 막 나서려는 때였다. 산이 무너지는 소리와 함께 사나운 바람이 귓전을 후려갈기는 것이었다. 만도는 정신이 아찔했다. 공습이었던 것이다. 산등성이를 넘어 달려든 비행기가 머리 위로 아슬아슬하게 지나가는 것이었다. •미처 정신을 차리기도 전에 또 한 대가 뒤따라 날라드는 것이 아닌가. 만도는 그만 넋을 잃고 굴 안으로 도로 달려들었다.[15] 달려 들어가서 굴 바닥에 아무렇게나 팍 엎드러져 버리고 말았다. 고 순간이었다. 쾅! 굴 안이 미어지는 듯하면서 다이너마이트가 터졌다. 만도의 두 눈에서 불이 번쩍 났다.

---

14 만도가 겪을 불행을 암시함.

15 '엎친데 덮친다' 는 것으로, 설상가상(雪上加霜), 진퇴양난(進退兩難).

만도가 어렴풋이 눈을 떠 보니, 바로 거기 눈앞에 누구의 것인지 모를 팔뚝이 하나 아무렇게나 던져져 있었다. 손가락이 시퍼렇게 굳어져서, 마치 이끼 낀 나무토막처럼 보이는 것이었다. 만도는 그것이 자기의 어깨에 붙어 있던 것인 줄을 알자, 그만 으아! 하고 정신을 잃어버렸다. 재차 눈을 떴을 때는 그는 폭삭한 담요 속에 누워 있었고, 한쪽 어깻죽지가 못 견디게 쿡쿡 쑤셔댔다. 절단 수술(切斷手術)은 이미 끝난 뒤였다.

전개 징용에 끌려가 한쪽 팔을 잃은 만도

•꽤애액 — 기차 소리였다.[16] 멀리 산모퉁이를 돌아오는가 보았다. 만도는 앉았던 자리를 털고 벌떡 일어서며, 옆에 놓아두었던 고등어를 집어 들었다. •기적 소리가 가까워질수록 그의 가슴은 울렁거렸다.[17] 대합실 밖으로 뛰어나가 플랫폼이 잘 보이는 울타리 쪽으로 가서 발돋움을 하였다.

째랑째랑 하고 종이 울자, 잠시 후에 차는 소리를 지르면서 달려들었다. 기관차의 옆구리에서는 김이 픽픽 풍겨 나왔다. 만도의 얼굴은 바짝 긴장되었다. 시꺼먼 열차 속에서 꾸역꾸역 사람들이 밀려 나왔다. 꽤 많은 손님이 쏟아져 내리는 것이었다. 만도의 두 눈은 곧장 이리저리 굴렀다. 그러나 아들의 모습은 쉽사리 눈에 띄지 않았다. 저 쪽 출찰구로 밀려가는 사람의 물결 속에, 두 개의 지팡이를 의지하고 절룩거리며 걸어 나가는 상이군인이 있었으나, 만도는 그 사람에게 주의를 기울이지는 않았다.

기차에서 내릴 사람은 모두 내렸는가 보다. 이제 미처 차에 오르지 못한 사람들이 플랫폼을 이리저리 서성거리고 있을 뿐인 것이다. 그 놈이 거짓으로 편지를 띄웠을 리는 없을 건데……. 만도는 자꾸 가슴이 떨렸다. 이상한 일이다, 하고 있을 때였다. 분명히 뒤에서,

"아부지!"

부르는 소리가 들렸다. 만도는 깜짝 놀라며, 얼른 뒤를 돌아보았다. 그 순간, 만도의 두 눈은 무섭도록 크게 떠지고 입은 딱 벌어졌다. 틀림없는 아들이었으나, 옛날과 같은 진수는 아니었다. 양쪽 겨드랑이에 지팡이를 끼고 서 있는데, 스쳐가는 바람결에 한쪽 바짓가랑이가 펄럭거리는 것이 아닌가. •만도는 눈앞이 노오래지는 것을 어쩌지 못했다.[18] 한참 동안 그저 멍멍하기만 하다가, 코허리가, 찡해지면서 두 눈에 뜨거운 것이 핑 도는 것이었다.

"에라이 이놈아!"

만도의 입술에서 모지게 튀어나온 첫마디였다. 떨리는 목소리였다. 고등어를 든 손이 불끈 주먹을 쥐고 있었다.

"이기 무슨 꼴이고, 이기."

"아부지!"

"이놈아, 이놈아……"

만도의 들창코가 크게 벌름거리다가 훌쩍 물코를 들이마셨다. 진수의 두 눈에서는 어느 결에 눈물이 꾀죄죄하게 흘러내리고 있었다. 만도는 모든 게 진수의 잘못이기나 한 듯 험한 얼굴로,

---

16 장면 전환, 긴장감 고조. 여기서 '기차'는 현실로 돌아오는 매개체 역할을 함.

17 기쁨과 불안감이 뒤엉킨 감정.

18 경악, 당혹감, 불안, 절망감.

진수의 다리를 앗아간 것은 남과 북이 총부리를 서로 겨누고 싸웠던 민족 비극인 전쟁 때문이었다.

"가자, 어서!"

무뚝뚝한 한 마디를 내던지고는 성큼성큼 앞장을 서 가는 것이었다. •진수는 입술에 내려와 묻는 짭짤한 것을 혀끝으로 날름 핥아 버리면서,[19] 절름절름 아버지의 뒤를 따랐다. 앞장서 가는 만도는 뒤따라오는 진수를 한 번도 돌아보지 않았다. 한눈을 파는 법도 없었다. 무겁디무거운 짐을 진 사람처럼 땅바닥만을 내려다보며, 이따금 끙끙거리면서 부지런히 걸어만 가는 것이다. 지팡이에 몸을 의지하고 걷는 진수가 성한 사람의, 게다가 부지런히 걷는 걸음을 당해 낼 수는 도저히 없었다. 한 걸음 두 걸음씩 뒤지기 시작한 것이, 그만 작은 소리로 불러서는 들리지 않을 만큼 떨어져 버리고 말았다. 진수는 목구멍을 왈칵 넘어오려는 뜨거운 기운을 꾹 참노라고 어금니를 야물게 깨물어 보기도 하였다. 그리고 두 개의 지팡이와 한 개의 다리를 열심히 움직여대는 것이었다.

앞서 간 만도는 •주막집[20] 앞에 이르자, 비로소 한 번 뒤를 돌아보았다. 진수는 오다가 나무 밑에 서서 오줌을 누고 있었다. 지팡이는 땅바닥에 던져 놓고, 한쪽 손으로는 볼일을 보고, 한쪽 손으로는 나무 둥치를 감싸 안고 있는 모양이 을씨년스럽기(쓸쓸하기) 이를 데 없는 꼬락서니였다. 만도는 눈살을 찌푸리며, 으음! 하고 신음 소리 비슷한 무거운 소리를 내었다. 그리고 술방 앞으로 가서 방문을 왈칵 잡아당겼다.

기역 자 판 안에 도사리고 앉아서 속옷을 뒤집어 까고 이를 잡고

---

19 아버지 앞에서 절망감을 감추려는 행동.

20 갈등을 해소하는 공간.

있던 여편네가 킥 하고 웃으며 후닥딱 옷섶을 여몄다. 그러나 만도는 웃지를 않았다. 방문턱을 넘어서며도 서방님 들어가신다는 소리를 지르지 않았다. 아마 이처럼 무뚝한 얼굴을 하고 이 술방에 들어서기란 처음일 것이다. 여편네가 멋도 모르고,

"오늘은 서방님 아닌가배."

하고 킬킬 웃었으나, 만도는 으음! 또 무거운 신음 소리를 했을 뿐 도시 기분을 내지 않았다. 기역자판 앞에 가서 쭈그리고 앉기가 바쁘게,

"빨리 빨리."

재촉이었다.

"하따나, 어지간히도 바쁜가 배."

"빨리 고빼기로 한 사발 달라니까구마."

"오늘은 와 이카노?"

여편네가 쳐 주는 술 사발을 받아 들며, 만도는 휴유…… 하고 숨을 크게 내쉬었다. 그리고 입을 얼른 사발로 가져갔다. 꿀꿀꿀, 잘도 넘어가는 것이다. 그 큰 사발을 단숨에 말려 버리고는, 도로 여편네 앞으로 불쑥 내밀었다. 그렇게 거들빼기(연거푸)로 석 잔을 해치우고사 으으윽! 하고 개트림을 하였다. 여편네가 눈을 휘둥그레 가지고 혀를 내둘렀다. 빈속에 술을 그처럼 때려 마시고 보니, 금새 눈두덩이 확확 달아오르고, 귀뿌리가 발갛게 익어 갔다.

술기가 얼큰하게 돌자, 이제 좀 속이 풀리는 성 싶어 방문을 열고 바깥을 내다보았다. 진수는 이마에 땀을 척척 흘리면서 다 와 가고 있었다.

"진수야!"
버럭 소리를 질렀다.
"이리 들어와 보래."
진수는 아무런 대꾸도 없이 어기적어기적 다가왔다. 다가와서 방문턱에 걸터앉으니까, 여편네가 보고,
"방으로 좀 들어오이소."
하였다.
"여기 좋심더."
그는 수세미 같은 손수건으로 이마와 코언저리를 아무렇게나 훔친다.
"마 아무데서나 묵어라. 저, 국수 한 그릇 말아 주소."
"야."
• "고빼기로 잘 좀……. 참지름도 치소, 알았능교?"[21]
"야아."
여편네는 코로 히죽 웃으면서 만도의 옆구리를 살짝 꼬집고는, 소쿠리에서 삶은 국수 두 뭉텅이를 집어든다.
진수가 국수를 훌훌 끌어넣고 있을 때, 여편네는 만도의 귓전으로 얼굴을 갖다 댔다.
"아들이가?"
만도는 고개를 약간 앞뒤로 끄덕거렸을 뿐, 좋은 기색을 하지 않았다. 진수가 국물을 훌쩍 들어마시고 나자, 만도는,

21 갈등 해결의 실마리. 변함없는 부성애(父性愛)를 느끼게 함.

"한 그릇 더 묵을래?"

하였다.

"아니예."

"한 그릇 더 묵지 와."

"고만 묵을랍니더."

진수는 입술을 싹 닦으며 푸시시 자리에서 일어났다.

위기 불구가 되어 돌아온 진수를 만남

주막을 나선 그들 부자는 논두렁길로 접어들었다. •아까와 같이 만도가 앞장을 서는 것이 아니라, 이번에는 진수를 앞세웠다.[22] •지팡이를 짚고 찌긋둥찌긋둥 앞서 가는 아들의 뒷모습을 바라보며, 팔뚝이 하나밖에 없는 아버지가 느럿느럿 따라가는 것이다.[23]

손에 매달린 고등어가 대구(자꾸) 달랑달랑 춤을 추었다. 너무 급하게 들이마셔서 그런지, 만도의 뱃속에서는 우글우글 술이 끓고, 다리가 휘청거렸다. 콧구멍으로 더운 숨을 훅훅 내뿜어본다. 정신이 아른하다. 좋다.

"진수야!"

"예."

"니 우째다가 그래 됐노?"

"전쟁하다가 이래 안 됐십니꼬. 수류탄 쪼가리에 맞았십더."

"수류탄 쪼가리에?"

"예."

"음……."

"얼른 낫지 않고 막 썩어 들어가기 땜에 군의관이 짤라 버립디더, 병원에서예."

"……."

"아부지!"

"와?"

"이래 가지고 우째 살까 싶습니더."[24]

"우째 살긴 뭘 우째 살아? 목숨만 붙어 있으면 다 사는 기다. 그런 소리 하지 말아."[25]

"……."

"나 봐라. 팔뚝이 하나 없어도 잘만 안 사나. 남 봄에 좀 덜 좋아서 그렇지, 살기사 왜 못 살아."

"차라리 아부지같이 팔이 하나 없는 편이 낫겠어예. 다리가 없어노니, 첫째 걸어 댕기기에 불편해서 똑 죽겠심더."

"야야. 안 그렇다. 걸어 댕기기만 하면 뭐 하노, 손을 지대로 놀려야 일이 뜻대로 되지."

"그러까예?"

"그렇다니, 그러니까 집에 앉아서 할 일은 니가 하고, 나 댕기메 할 일은 내가 하고, 그라면 안 대겠나, 그제?"[26]

---

22 대조적인 모습을 제시하여 만도에게 마음의 여유가 생겼음을 나타냄.

23 민족적 수난의 상징으로 제목인 '수난이대'를 압축적으로 표현함.

24 체념과 비탄의 상태.

25 만도의 인생 철학이 나타나 있음. 의지적 삶을 강조하며 만도의 지난 시절을 암시함.

26 주제가 암시됨.

"예"

진수는 아버지를 돌아보며 대답했다. 만도는 돌아보는 아들의 얼굴을 향해 지긋이 웃어주었다.[27]

술을 마시고 나면 이내 오줌이 마려워지는 것이다. 만도는 길가에 아무데나 쭈그리고 앉아서 고기 묶음을 입에 물려고 하였다. 그것을 본 진수는,

"아부지, 그 고등어 이리 주소."

하였다.

팔이 하나밖에 없는 몸으로 물건을 손에 든 채 소변을 볼 수는 없는 것이다. 아버지가 볼일을 마칠 때까지, 진수는 저만큼 떨어져 서서 지팡이를 한쪽 손에 모아 쥐고, 다른 손으로 고등어를 들고 있었다. 볼일을 다 본 만도는 얼른 가서 아들의 손에서 고등어[28]를 다시 받아 든다.

개천 둑에 이르렀다. 외나무다리[29]가 놓여 있는 그 시냇물이다. 진수는 슬그머니 걱정이 되었다. 물은 그렇게 깊은 것 같지 않지만, 밑바닥이 모래흙이어서 지팡이를 짚고 건너가기가 만만할 것 같지 않기 때문이다. 외나무다리는 도저히 건너갈 재주가 없고……. 진수는 하는 수 없이 둑에 퍼지고 앉아서 바짓가랑이를 걷어 올리기

27 갈등이 해소됨을 나타냄.
28 인물 간의 화합을 이끌어가는 소재.
29 외나무다리는 우리 민족이 처한 상황으로, 만도와 진수가 서로 힘을 합해 헤쳐 나가야 할 것임을 나타냄.

혼자 힘으로는 건너갈 수 없는 외나무다리 앞에서 아버지와 진수는 서로 힘을 합쳐 다리를 건너간다.

시작했다. 만도는 잠시 멀뚱히 서서 아들의 하는 양을 내려다보고 있다가,

"진수야, 그만두고, 자아 업자."

하는 것이었다.

"업고 건너면 일이 다 되는 거 아니가. 자아, 이거 받아라."

고등어 묶음을 진수 앞으로 민다.

진수는 퍽 난처해하면서, 못 이기는 듯이 그것을 받아 들었다. 만도는 등허리를 아들 앞에 갖다 대고, 하나밖에 없는 팔을 뒤로 버쩍 내밀며,

"자아, 어서!"

했다.

진수는 지팡이와 고등어를 각각 한 손에 쥐고, 아버지의 등허리로 가서 슬그머니 업혔다. 만도는 팔뚝을 뒤로 돌리면서, 아들의 하나뿐인 다리를 꽉 안았다. 그리고

"팔로 내 목을 감아야 될 끼다."

했다.

진수는 무척 황송한 듯 한쪽 눈을 찍 감으면서, 고등어와 지팡이를 든 두 팔로 아버지의 굵은 목줄기를 부둥켜안았다.

만도는 아랫배에 힘을 주며, '끙!' 하고 일어났다. 아랫도리가 약간 후들거렸으나 걸어갈 만은 했다. 외나무다리 위로 조심조심 발을 내디디며 만도는 속으로, 이제 새파랗게 젊은 놈이 벌써 이게 무슨 꼴이고. 세상을 잘못 만나서 진수 니 신세도 참 똥이다, 똥. 이런 소리를 주워섬겼고, 아버지의 등에 업힌 진수는 곧장 미안스러운

얼굴을 하며,

'나꺼정 이렇게 되다니, 아부지도 참 복도 더럽게 없지, 차라리 내가 죽어버렸더라면 나았을 낀데…….' 하고 중얼거렸다.

만도는 아직 술기가 약간 있었으나, 용케 몸을 가누며 아들을 업고 외나무다리를 조심조심 건너가는 것이었다.

•눈앞에 우뚝 솟은 용머리재가 이 광경을 가만히 내려다보고 있었다.[30]

결말 역경을 딛고 살아가려는 부자의 삶의 의지

출전 : 『한국일보』, 1957

30 서술의 시점을 자연으로 이전시켜 부자 간의 비극을 효과적으로 드러냄. 여운 있는 결말 처리.

작품 줄거리

박만도는 3대 독자인 아들 진수가 전쟁터에서 돌아온다는 소식을 듣고 몹시 마음이 들떠 있다. 그는 아직 아들이 탄 기차가 들어오려면 멀었음에도 일찌감치 역전으로 나간다. 병원에서 나온다는 말에 약간의 불안감을 느끼기는 했으나, 설마하니 아들이 자기처럼 불구가 되진 않았으려니 하고 애써 마음을 편히 먹는다. 그는 한쪽 팔이 없다. 일제 때 강제 징용에 나가 비행장 건설 중 폭격에 잃어버린 것이다. 그때 그는 기절까지 했었다. 그는 항상 왼쪽 소맷자락을 조끼 주머니에 아무렇게나 꽂아 넣고 다녔다.

아들에게 주려고 역전으로 가는 길에 고등어도 한 손 산다. 정거장에 도착한 시간이 10시 40분, 점심때쯤 온다고 했으니 시간은 아직 한 시간이나 남았다. 기다리는 동안 박만도는 옛날에 자신이 당했던 일들을 떠올려 본다.

멀리서 기적 소리가 울려 만도는 벌떡 일어선다. 괜히 가슴이 울렁거리기 시작한다. 기차가 플랫폼에 도착하고 사람들이 내리기 시작한다. 하지만 어찌된 영문인지 아들의 모습은 보이지 않는다. 어느 상이군인 하나가 서 있을 뿐이다. 조바심에 안달이 난 박만도가 사방을 두리번거리고 있을 때, 뒤에서 "아부지!" 하는 소리가 들린다. 뒤돌아선 순간 그는 입이 딱 벌어지고 눈은 무섭도록 크게 떠지고 만다. 아들은 틀림없었으나 예전의 모습이 아니다. 한쪽 다리가 없어져 빈 바지 자락이 펄럭이고 있고, 목발을 짚고 있다. 박만도는 눈앞이 아찔해진다. 기진하고 실성한 모습으로 두 부자는 앞서거니 뒤서거니 집으로 향한다.

돌아오는 길 아들 진수는 이 같은 꼴을 하고 어떻게 세상을 살아가느냐고 아버지에게 하소연한다. 만도는 "나 봐라! 팔뚝 하나 없어도 잘만 안 사나. 다른 사람 보기에 좀 덜 좋아서 그렇지 살기사 왜 못 살아!"라며 격려한다. 집으로 돌아오는 길에 외나무다리가 하나 있다. 진수는 도저히 다리를 건널 수 없다. 머뭇거리는 아들을 바라보던 만도는 대뜸 등을 돌리며 진수에게 업히라고 한다. 팔 하나가 없는 아버지와 다리 한쪽이 없는 아들이 조심스레 외나무다리를 건넌다. 눈앞에 우뚝 솟은 용머리재가 이 모습을 가만히 내려다본다.

작가 파일

하근찬 1931~2007

소설가로 경북 영천에서 태어나 전주사범학교를 졸업하고 동아대 토목과를 중퇴했다. 1957년 한국일보 신춘문예에 단편 「수난이대」가 당선되어 문단에 나왔다. 그는 역사적 현실에 대한 문제의식을 담은 작품을 많이 썼는데, 주요 작품으로 「수난이대」, 「흰 종이 수염」 등이 있다.

독후 활동

1 이 소설에서 '외나무다리'의 역할에 대해 말해 보자.

2 다음 사건이 일어난 순서를 시간의 흐름에 따라 말해 보자.

㉠ 오전, 아들 진수를 마중하러 용머리재를 넘어감.

㉡ 정오. 진수가 도착함.

㉢ 10시 40분쯤. 주막집을 거처 장거리에서 고등어를 산 뒤 정거장 도착. 12~3년 전 과거 회상 ― 제2차 세계 대전 당시 징용에 끌려가 팔을 잃은 사건.

㉣ 논두렁길을 걸으며 대화.

㉤ 진수와 주막집에 들름.

㉥ 외나무 다리를 건너감.

3 **다음 글을 읽고 글에 나온 여러 사례와 박만도의 경우를 비교해 보고, 박만도가 피해보상을 받을 수 있는 방안에 대해 이야기해 보자.**

한국에서는 1980년대 말 일제강점기 당시 일본군 강제 징병 입대 피해자, 강제 동원 노동력 착취(징용) 피해자, 일본군 위안부, 이른바 정신대(挺身隊) 문제 등이 여론의 집중적 조명을 받게 된 것을 계기로 1990년대 들어 일본에 대한 민간 차원의 과거사(科擧史) 피해 보상 요구가 분수처럼 다시 치솟았다. 그 중 상당수는 단순한 요구 차원을 넘어 일본 국가 또는 해당기업을 상대로 일본 법원에 소송을 제기하여 현재 약 30여 건의 재판이 진행 중이다. 대일요구(對日要求)가 국내에서의 감정적 성토의 차원을 넘어 일본에서의 법정 투쟁으로 변모한 것은 전례가 없었던 일이다.

이들의 요구사항은 사안별로 다양하지만 공통적인 내용은 자신들의 피해가 일제의 식민지 지배 내지 일본의 영토 확장을 위한 침략 전쟁에 동원될 인력자원 충당에서 비롯되었음에도 불구하고, 이제까지 일본이 피해자들을 방치한 사실에 대하여 사죄하고 적절한 위자료 내지 보상금을 지급하라는 것이다.

이 소설은 6 · 25 전쟁으로 인해 우리 민족이 겪어야 했던 수난의 실상을 극적인 장면 제시와 인물의 치밀한 심리 묘사를 통해 선명하게 드러낸다. 어린 동길이를 통해 민족사적 수난인 6 · 25가 어떻게 삶을 비극적으로 만드는가 하는 것이 조명된다. 주인공이 어린아이이기 때문에 현실 상황은 대체로 감추어져 있지만, 어린애의 아픈 삶은 결국 시대가 만든 비극이다. 전쟁은 아버지의 부재를 불러오고, 아버지 없는 가정의 고통은 곧 가난이다. 그리고 그것은 사친회비를 내지 못하는 상황으로 설정되어 있다.

하근찬

흰 종이 수염

핵심정리

갈래 단편 소설, 전후 소설

배경 시간 : 1950년대

공간 : 극장이 있는 경상도 어느 지방

시점 3인칭 작가관찰자 시점과 전지적 작가시점 혼용

주제 전쟁으로 인한 동길이네 가족의 불행과 고통

아버지가 돌아오던 날 동길이는 학교에서 공부를 하지 못하고 쫓겨났다. 다른 다섯 명의 아이와 함께였다.

아이들은 모두 풀이 죽어 있었다. 어떤 아이는 시퍼런 코가 입으로 흘러드는 것도 아랑곳없이 눈만 대고(자꾸) 깜작거렸고, 입술이 파랗게 질린 아이도 있었다. 여생도 둘은 찔끔찔끔 눈물을 짜내고 있었다. 축 처진 조그마한 어깨들이 볼수록 측은했다.

그러나 동길이만은 그렇지가 않았다. •그는 두 주먹을 발끈 쥐고 있었다.[1] 양쪽 볼에는 발칵 불만을 빼물고 있었고, 수박씨만한 두 눈은 차갑게 반짝거렸다.

'치! 울엄마 일하는데 어떻게 학교에 오는공. 울 아부지 인제 돈 많이 벌어 갖고 돌아오면 다 줄낀데 자꾸 지랄같이…….'

동길이는 담임 선생의 처사가 도무지 못마땅하여 속으로 또 한번 눈을 흘겼다.

등장인물

이 소설에는 동길이와 아버지가 등장한다.
동길이는 외팔이인 아버지의 모습에 심한 실망감을 느낀다.
그러나 아이들의 놀림에 적극적으로 대항한다.
아버지는 징용에 끌려가 한쪽 팔을 잃은,
우리 민족의 수난을 대변하는 인물이다.

쫓겨 나온 교실이 마음에 있다거나 선생님의 교탁 안으로 들어간(빼앗긴) 책보가 걱정이 된다거나 해서가 아니었다. 그런 알량한(보잘 것 없는) 몇 권의 헌 책 나부랭이, 혹은 •사친회비[2]를 못 내고 덤으로 앉아서 얻어 배우는 치사스러운 공부 같은 것, 차라리 시원했다. 집으로 돌아가서 돈을 가져오라는 호령 따위도 이미 면역이 된 지 오래여서 시들했다. 그러나 돈을 못 가지고 오겠거든 아버지나 어머니를 데려오라는 데는 딱 질색이었다. 전에 없던 일이었다.

"사람이면 염치가 좀 있어야지. 한두 달도 아니고. 이놈아! 너는 사, 오, 육, 칠 넉 달 치나 밀렸잖아. 이학년 올라와서 어디 한 번이나 낸 일 있나? 지금 당장 가서 가져 오든지 그러잖음 아버질 데려와!"

1 동길이의 반항적 성격을 간접적으로 제시함.

2 수업료. 사건의 실마리를 나타냄.

냅다 고함을 지르는 바람에 간이 덜렁했으나 동길이는 또렷한 목소리로,

"아부지 집에 없심더."

했다.

"어디 가고 없노?"

"•노무자[3] 나갔심더."

"……."

징용에 나갔다는 말을 듣자 선생은 잠시 말이 없다가,

"그럼 어머니라도 데려와."

했다. 목소리가 꽤 누그러졌으나, 매정스럽기는 매양 한가지였다.

"안 데려옴 넌 여름방학 없다. 알겠나?"

"……."

동길이는 대꾸를 하지 않았다. 입을 꼭 다물고 양쪽 볼에 발칵 힘을 주었다. 그리하여 다른 다섯 아이와 함께 책보는 말하자면 차압을 당하고 교실을 쫓겨났던 것이다.

아이들은 땅바닥을 내려다보며 힘없이 운동장을 걸어 나갔다. 여생도 둘은 유난히 단발머리를 떨어뜨리고 걸었다. 목덜미가 따갑도록 햇볕이 쏟아져 내렸다. 맨 앞장을 서서 가던 동길은 발 끝에 돌멩이 하나가 부딪히자 그만 그것을 사정없이 걷어차 버렸다. 마치 무슨 분풀이라도 하는 듯이……. 발가락 끝에 불이 화끈했으나 그는 어금니를 꽉 지르물고 아무렇지도 않은 체했다.

킥!하고 한 아이가 웃음을 터뜨리자 다른 아이들도 따라서 낄낄 웃었다. 어쩐지 모두 속이 시원했던 것이다.

그러나 누가 먼저 뒤를 돌아보았는지 모른다. 웃음은 일제히 뚝 그치고 말았다. 그들을 쫓아낸 얼굴이 창문 밖으로 이쪽을 내다보고 있었던 것이다. 여섯 개의 가느다란 모가지가 도로 움츠러들지 않을 수 없었다.

교문을 나서자 아이들은 움츠렸던 목을 쑥 뽑아들고 다시 교실 쪽을 돌아보았다. 이제 선생님의 얼굴은 보이지 않고, 장단을 맞추어 구구를 외는 소리만이 우렁우렁 창 밖으로 울려 나왔다.

사 — 이는 팔, 사 — 삼 십이, 사 — 사 십육…….

동길이는 별안간 무슨 생각이 났는지 오른쪽 주먹을 왼쪽 손아귀로 가져가더니 그만 힘껏 안으로 밀어 내며,

"요놈 먹어라!"

하는 것이었다. •감자[4]를 한 개 내질러 준 것이다. 그리고 후닥닥 몸을 날렸다. 뺑소니를 치면서도 냅다,

"사오 이십, 사륙은 이십사, 사칠은 이십팔……."

하고, 고함을 질러 댔다.

다른 아이들도 와아 환호성을 올리며 덩달아 사방으로 흩어져 갔다. 군용 트럭이 한 대 뿌연 먼지를 날리며 달려오고 있었다.

"오 — 이는 십, 오 — 삼 십오, 오 — 사 이십……."

동길이는 중얼중얼 구구단을 외면서 신작로(新作路)를 걸었다.

---

3 일제시대 강제 노동(징용)에 끌려간 사람들. 시대적 배경을 나타내 줌.

4 오늘날의 fuck you에 해당하는 욕.

이마에 맺힌 땀이 뺨을 타고 까만 목줄기로 흘러내렸다.

"아아, 덥다."

동길이는 손등으로 아무렇게나 땀줄기를 훔쳤다. 읍 들머리(입구)에 냇물이 흐르고 있었다. 물 밑에 깔린 자갈들이 손에 잡힐 듯 귀물스럽게(귀중한 물건처럼) 떠올라 보이는 맑은 시내였다. 그 위로 인도교(人道橋)와 철교가 나란히 지나가고 있었다.

다리에 이르자, 동길이는 아래를 내려다보았다.

"히야, 용돌이 짜식, 벌써 멱감고(물놀이) 있대이. 학교는 그만두고 짜식 참 좋겠다."

그리고 쪼르르 강둑을 굴러 내려갔다.

동길이를 보자, 용돌이는 물 속에서 배꼽을 내밀며,

"동길아! 임마 니 핵교는 안 가고, 히히히……."

웃어 댄다.

"갔다 왔다. 짜식아."

"무슨 놈의 핵교를 그렇게 빨리 갔다 오노?"

"돈 안 가져왔다고 안 쫓아 내나."

"뭐 돈?"

"그래, 사친회비 안 냈다고 집에 가서 어무이를 데려오라 안 카나."

"지랄이다 지랄. 그런 놈의 핵교 뭐 할라꼬 댕기노? 나같이 때리챠 버리라구마."

"그렇지만 임마, 학교 안 댕기면 높은 사람 못 된다. 아나?"

"개똥이다 캐라. 흐흐흐……."

그리고 용돌이는 개구리처럼 가볍게 물 속으로 잠겨 버린다. 동길이는 물기슭에 서서 때에 전 러닝셔츠와 삼베 바지를 홀랑 벗어 던졌다.

이 때,

"꽤애액!"

기적 소리도 요란하게 철교 위로 기차[5]가 달려들었다. 북쪽에서 내려오는 기차였다. 동길이는 까만 고추를 달랑거리며 후닥닥 철교 쪽으로 뛰었다. 용돌이란 놈도 물에서 뿔뿔 기어 나왔다.

커더덩커더덩…… 철교가 요란하게 울리고, 그 위로 시커먼 기차가 바람을 일으키며 신나게 달려간다. 차창마다 사람들이 이 쪽을 내려다보고 있다. 어떤 창구에는 철모를 쓴 국군 아저씨가 담배 연기를 푸우 내뿜고 있는 것이 보인다. 동길이는 저도 모르게 두 손을 번쩍 쳐들었다.

"만세이!"

그리고 용돌이를 돌아보았다. 용돌이란 놈은 까닭도 없이, 대고 주먹으로 감자를 내지르고 있다. 고약한 놈이다.[6]

동길은 웬일인지 기차만 보면 좋았다.

'울 아부지도 저런 차를 타고 척 돌아올 끼라. 울 아부지 빨리 돌아왔으면 좋겠다.'

사라져 가는 기차 꽁무니를 바라보며 동길이는 잠시, 노무자로

---

5 기차에 아버지가 타고 있음.

6 작가의 생각으로 전지적 작가시점임을 나타냄.

나간 아버지 생각에 가슴이 뻐근했다. 그러나 얼른,

"용돌아, 임마, 내기할래?"

고함을 지르면서 후닥닥 몸을 날렸다. 풍덩! 물소리와 함께 까만 몸뚱어리가 미끄러이 물 속으로 •자맥질[7]해 들어갔다. 용돌이도 뒤따라 풍덩! 물 밑으로 잠긴다.

물고기들 부럽잖게 얼마를 놀았는지 모른다. 뚜우하고 정오를 알리는 사이렌 소리가 울려 왔을 때에야 동길이는 물에서 나왔다. 배가 홀쭉했다. 주섬주섬 옷가지를 주워 걸치며,

"짜식아, 그만 안 갈래?"

용돌이를 돌아보았다. 용돌이란 놈은 무슨 물고기 •삼신[8]인 듯 아직도 나올 생각을 않고 풍덩거리며 벌쭉벌쭉 웃고만 있다.

"배 안 고프나?"

"배사 고프다. 그렇지만 임마, 집에 가야 밥이 있어야지. 너거 집엔 오늘 점심 있나?"

"몰라. 있을 끼다."

"정말이가?"

"짜식아, 있으면 니 줄까 봐."

그리고 동길이는 타박타박 자갈밭을 걸었다. 다리를 지날 때 후끈한 바람결에 난데없이 노랫소리가 흘러나왔다. 극장에서 울려 나오는 스피커 소리였다. 이 무더운 대낮에 누가 극장엘 가는지 모르지만, 그래도 사람들을 끌어 모으려고 '아리랑 시리랑…….' 하고 악을 써 쌓는다.

그러나 동길이는 배가 고파서 그런 건 도무지 흥이 나질 않았다.

오늘따라 왜 이렇게 시장기가 치미는지 알 수 없었다. 너무 오래 멱을 감은 탓일까? 타박타박 옮기는 걸음이 자꾸 무거워만 갔다.

발단 사친회비를 못 내 학교에서 쫓겨난 동길이

집 사립문 앞에 이르자, 동길이는 흠칫 그 자리에 멈추어 섰다. 마루에 벌렁 드러누워 있는 사람이 있었던 것이다.

사립문 사립짝을 달아서 만든 문.

어머니도 아니었다. 남자였다. 동길이는 조심조심 사립 안으로 걸어 들어갔다. 어머니는 부엌문 앞에서 무엇을 북북 치대고(문지르고) 있었다. 인기척에 후딱 뒤를 돌아본 어머니는 마루에 누워 있는 사람을 눈으로 가리켰다. 어머니의 두 눈에는 슬픈 빛이 서려 있었다.

동길이는 어찌 된 영문인지 알 수가 없었다. 그러나 마루에 누워 있는 사람이 누구라는 것을 알아챘다.

"아부지!"

동길이는 얼른 누워 있는 아버지 곁으로 가까이 갔다. 아버지는 자고 있었다. 그러나 동길이는 아버지를 향해 꾸벅 절을 했다.

'아까 그 기차를 타고 오신 모양이지? 헤 참, 그런 줄 알았으면 얼른 집에 올 걸…….'

꼬빡 이년 만에 돌아온 아버지……. 동길이는 조심스럽게 아버

---

7 물에 잠겼다 떴다 하는 짓.

8 민간신앙에서 아기를 점지해 준다는 '삼신령'을 말함.

지의 얼굴을 들여다보았다. •시꺼멓게 탄 얼굴에 움푹 꺼져 들어간 두 눈자위, 그리고 코밑이랑 턱에는 수염이 지저분했다. 목덜미로 식은땀이 흐르고 있었고, 입언저리에는 파리 떼가 바글바글 붙어 있었다.[9] 그러나 아버지는 그런 줄도 모르고 '푸푸' 코를 불면서 자고만 있다. 동길이는 파리란 놈들을 쫓았다.

삼베 삼실로 짠 천.

어머니가 조심스러운 눈길로 동길이를 힐끗 돌아본다. 집에 와서 갈아입었는지 아버지의 입성은 깨끗했다. 징용에 나가기 전, 목공소(木工所)에 다닐 때 입던 누런 작업복 하의에 삼베• 상의셔츠…… 그런데,

옷차림

"에!"

이게 웬일일까? 동길이는 두 눈이 휘둥그레지고, 입이 딱 벌어졌다. 그러나 어머니는 동길이의 놀라는 모습을 돌아보지 않고 '후유' 한숨을 쉴 따름이었다.

동길이는 떨리는 손으로 한쪽 소맷부리를 들추어 보았다. 없다. 분명히 없다. 동길이는 어머니를 향해 소리쳤다.

"어무이, 아부지 팔 하나 없다."

"……."

"팔 하나 없어, 팔!"

"……."

"잉?"

"……."

말없이 돌아보는 어머니의 두 눈에는 눈물이 흥건히 괴어 있었

다. 동길이는 아버지가 슬그머니 무서워지는 것이었다. 어머니 곁으로 가서 부엌문에 붙어 서서도 곧장 아버지의 한쪽 소맷자락을 힐끗힐끗 건너다보았다.

어머니는 또 한 번 후유 한숨을 쉬면서 함지박을 들고 부엌으로 들어갔다. 밀가루 수제비를 뜨는 것이었다. 어머니의 손끝에서 떨어져서 부글부글 끓어오르는 물속으로 들어가는 수제비를 바라보자, 동길이 배에서 꼬르르 소리가 났다. 꿀꺽 침을 삼켰다. 아버지의 팔뚝 생각 같은 것은 이미 없었다.

수제비를 떠서 두 그릇 상에 받쳐 들고 어머니가 부엌을 나오자 동길이는 앞질러 마루로 올라갔다. 아버지는 아직 쿨쿨 자고 있었다. 아버지의 한쪽 소맷자락이 눈에 띄자 동길이는 다시 흠칫했다.

"보이소예, 그만 일어나이소. 점심 가져왔구마."

어머니가 흔들어 깨우는 바람에 아버지는

"으으윽."

한 개밖에 없는 팔을 내뻗어 기지개를 켜며 부스스 일어났다. 동길이는 저도 모르게 뒤로 한 걸음 물러섰다. 그리고 얼른 아버지를 향해 절을 하기는 했으나, 겁을 집어먹은 듯이 둥그레졌다. 아버지는 동길이를 보더니,

"으으…… 핵교 잘 댕기나? 어무이 말 잘 듣고?"

그리고 '아아욱!' 커다랗게 하품이었다. 점심상을 가운데 놓고 아버지와 동길이가 마주 앉았다. 그 곁에 어머니는 뚝배기를 마룻

---

9 동길이 아버지에 대한 외양 묘사.

바닥에 놓고 앉았다.

물씬물씬 김이 오르는 수제비……. 동길이는 목젖이 튀어나오는 것 같았다. 후딱 숟가락을 들었다. 그리고 그 뜨끈뜨끈한 놈을 푹 한 숟가락 떠올리기가 무섭게 입을 짝 벌렸다.

아버지도 숟가락을 들었다. 왼쪽 손이었다. 없어진 팔이 하필이면 오른쪽이었던 것이다. 어머니는 그것을 보자 이마에 슬픈 주름을 지으며 얼른 외면했다. 그러나 동길이는 수제비를 퍼 올리기에 바빠서 아버지의 남은 손이 왼손인지 오른손인지 그런덴 도무지 관심이 없는 듯했다.

돼지 새끼처럼 한참을 그렇게 퍼먹고 나서야 좀 숨이 돌리는 듯 동길이는 힐끗 아버지를 거들떠보았다. 아버지의 숟가락질은 도무지 서툴기만 했다.

'아버지 팔이 하나 없어져서 참 큰일났제. 저런! 오른쪽 팔이 없어졌구나. 우짜다가 저랬는고이?'

그러고 동길이는 남은 국물을 훌훌 마저 들이마셨다. 콧등에는 맺힌 땀방울이 또르르 굴러 내린다.

"아아."

이제 좀 살겠다는 것이다.

전개① 징용에 나가 한쪽 팔을 잃고 돌아온 아버지

이튿날 아침.

"동길아, 학교 가자아!"

사립문 밖에서 부르는 소리가 났다. 이웃에 사는 창식이였다.

"동길아, 학교 안 갈래?"

동길은 가만히 마루로 나와 신을 찾았다.

이 때, 뒷간에서 나온 동길이 아버지가 한 손으로 을씨년스럽게 (쓸쓸하게) 고의춤을 (허리춤) 여미면서,

"누구냐? 이리 들어와서 같이 가거라."라고 했다.

창식이가 들어섰다. 창식이는 동길이 아버지를 보자 냉큼 허리를 꺾었다. 그리고 동길이 아버지의 팔뚝이 없는 소맷자락으로 눈이 가자 희한한 것이라도 발견한 듯 두 눈이 번쩍 빛났다.

동길이는 신을 신고 조심조심 마당으로 내려섰다. 아버지는 동길이를 보고,

"길아! 니 책보 우쨌노?"

"……."

동길이는 얼른 대답이 나오질 않았다. 마치 저에게 무슨 잘못이라도 있는 것처럼…….

"응? 책보 우쨌어?"

그러자 옆에서 창식이란 놈이 가벼운 조동아리를 내밀었다.

"빼앗깄심더"

"빼앗기다니, 누구한테?"

"선생님한테예."

"뭐, 선생님한테?"

"예."

"와?"

"사친회비 안 낸 아이들은 다 빼앗고 집으로 좇았심더. 사친회비

안 가져온 사람은 방학도 없답니더."

"……."

동길이 아버지는 입술이 파랗게 굳어져 갔다.

"아부지!"

동길이가 입을 떼었다.

"아부지, 나 학교 안 댕길랍니더."

"뭐?"

"때리챠 버릴랍니더."

"음—."

아버지의 입에서 무거운 신음 소리가 새어 나왔다. 그리고 왈칵 성이 복받치는 듯,

"까불지 말고 빨리 갓!"

하고, 고함을 질렀다. 부엌에서 설거지를 하고 있던 어머니가 눈을 휘둥그레져서 바라본다. 동길이와 창식이는 어깨를 나란히 하고 걸었다. 다리를 건너면서 창식이가

"동길아, 너그 아부지 팔 하나 없어졌제?"

했다.

"……."

"노무자로 나가서 그랬제?"

"……."

"팔이 하나 없어져서 어떻게 목수질하노? 인제 못하제, 그제?"

"몰라! 이 짜식아."

동길이는 발끈했다. 눈꺼풀이 파르르 떨렸다. 곧 한 대 올려붙일

기세였다. 창식이는 겁을 집어먹고 한 걸음 떨어져 섰다. 그리고 두 눈을 대고 껌벅거렸다. 창식이는 내빼듯이 똑바로 학교로 갔으나, 동길이는 다리를 건너자 강둑을 굴러 내려갔다. 용돌이가 아직 보이지 않았으나, 그런 대로 동길이는 옷을 벗었다.

대낮이 가까워졌을 무렵, 동길이는 아이들이 떠들어 대는 소리를 듣고, 다리 위를 쳐다보았다.

"외팔뚝이 —."

"하나, 둘, 셋!"

"외팔뚝이 —."

다리 난간에 붙어 서서 이 쪽을 내려다보며 소리를 모아 고함을 질러 대는 아이들은 틀림없는 자기 학급 아이들이었다. 동길이는 귀뿌리를 한 대 얻어맞은 듯했다. 동길이가 쳐다보자, 이번엔 한 놈씩 차례차례 고함을 질러 나간다.

"동길이 즈그 아부지 외팔뚝이 —."

"외팔뚝이 새끼 목욕하네."

"학교는 안 오고 목욕만 하네 —."

맨 마지막으로,

"외팔뚝이 오늘 학교 왔더라 —."

하는 소리는 어딘지 모르게 속으로 기어들어가는 소리였다. 그리고 살금 아이들 뒤로 숨어 버리는 것이 아닌가. 창식이란 놈이 틀림없었다.

동길이는 온몸에 쥐가 나는 듯했다. 치가 떨렸다. 부리나케 밖으로 헤엄쳐 나온 동길이는 후닥닥 돌멩이를 집어 들었다. 돌멩이는 다리 난간을 향해서 핑핑 날았다. 그러나 한 개도 거기까지 가서 닿지는 않았다.

다리 위에서는 '와아!' 환호성을 울리며 좋아라 하고 웃어댄다. 약이 오를 대로 오른 동길이는 두 손에 돌멩이를 힘껏 쥐고 그냥 막 자갈밭을 내달았다. 강둑을 뛰어올라 다리를 향해 마구 달리는 것이었다. 빨간 알몸뚱이가 마치 다람쥐 같았다.

욕지거리를 퍼부어 쌓던 아이들은 큰 소리로 웃어 대면서 우르르 도망들을 친다. 도저히 따를 만한 거리가 아니었다. 팔매(팔매질)가 가서 닿을 만한 거리도 아니었다. 그러나 동길이는 손에 쥔 돌멩이를 힘껏 내던졌다. 분해서 견딜 수가 없었다.

"짜식들 어디 두고 보자. 창식이 요놈 새끼, 죽여 버릴 끼다. 요놈 새끼……."

전개② 아버지 때문에 놀림 받는 동길이

그 날 저녁 동길이는 아버지에게 되게 꾸지람을 들었다. 아버지는 어디에서 술을 마셨는지 얼굴이 벌겋게 익어 가지고 비칠비칠 사립문을 들어서더니 대뜸,

"길이 이놈 어디 갔노, 응?"

하고, 소리를 질렀다. 손에 웬 책보 하나와 흰 종이를 포개 쥐고 있었다. 마루에서 저녁을 먹고 있던 동길이와 어머니는 눈이 둥그레졌다.

"아, 이놈 여기 있구나. 니 오늘 어딜 갔더노? 핵교 안 가고, 어딜 싸돌아 댕기노? 응?"

마루에 올라와 덜커덩 엉덩방아를 찧으며 눈알을 부라렸다.

"아이구, 어디서 저렇게 술을……."

어머니는 혼자말처럼 중얼거리며 밥상을 가지러 일어선다.

"아, 오늘 김 주사가 한턱 내더라. 우리 목공소 주인 김 주사가 말이지, 징용 나가서 고생 많이 했다고 한턱 내더라니까. 고생 많이 했다고……. 팔뚝을 하나 나라에 바쳤다고……. 으흐흐흐흐……."

그러고는 또,

"이놈! 너, 오늘 와 핵교 안 갔노, 응? 돈이 없어서 안 갔나? 응? 응? 이 못난 자식아! 뭐, 핵교를 안 댕기겠다고?"

하고 마구 퍼부어 댄다.

"이놈아, 오늘 내가 핵교에 갔다. 핵교에 갔어. 너거 선생 만나서 다 얘기했다. 이봐라, 이놈아! 내 팔이 하나 안 없어졌나. 이것을 내 보이면서 다 얘기하니까 너거 선생 오히려 미안해서 죽을라 카더라. 죽을라 캐. 봐라, 이렇게 책보도 안 받아 왔는강."

아버지는 책보를 동길이 앞에 불쑥 내밀었다. 동길이는 책보와 흰 종이를 한꺼번에 받아 안으며 모가지를 움츠렸다.

"이놈아, 아버지가 징용에 나갔다고 선생님한테 와 말 못하노. 아부지가 돌아오면 다 갖다 바치겠다고 와 말을 못하노 말이다. 입은 뒀다가 뭐 할라 카는 입이고?"

"아부지 노무자 나갔다고 캤심더."

동길은 약간 뾰로통해졌다.

"뭐, 이놈아? 니가 똑똑하게 말을 못 했으니까 그렇지. 병신자식 같으니……."

어머니가 밥상을 들고 와서 아버지 앞에 놓으며,

"자아, 그만하고 어서 저녁이나 드이소."

했다. 아버지는 숟가락을 들었다. 그러나 밥을 떠올릴 생각은 않고 연방 떠들어 댄다.

계속

"내가 비록 이렇게 팔이 하나 없어지긴 했지만, 이놈아, 니 사친회비 하나를 못 댈 줄 아나? 지금까지 밀린 것 모두 며칠 안으로 장만해 준다. 방학할 때까진 어떠한 일이 있어도 장만해 준단 말이다. 오늘 너거 선생님한테도 그렇게 약속했다. 문제없단 말이다. 애비의 이 맘을 알고 니가 더 열심히 핵교에 댕겨야지, 나 핵교 때리챠 버릴랍니더가 다 뭐꼬? 이눔으 자식, 그게 말이라고 하는 기가?"

동길이는 그만 울먹울먹해졌다. 그러나 한사코 눈물을 흘리지는 않았다.

아버지는 밥을 몇 숟갈 입에 떠 넣다가 별안간 또 무슨 생각이 났는지 이번에는 어머니에게,

"이봐, 나 오늘 취직했어, 취직. 손이 하나 없으니까 목수질은 못하지만 그래도 다 씨어먹을 데가 있단 말이여. 씨어먹을 데가……."

정말인지 거짓부렁인지 알 수는 없는 소리를 대고 주워섬긴다.

"아니, •참말로 카능교? 부로 카능교?[10]"

"허, 부로 카긴 와 부로 캐. 내가 언제 거짓말하더나?"

"……."

"극장에 취직이 됐어. 극장에……."

"뭐, 극장에요?"

"그래, 와. 나는 극장에 취직하면 안 될 사람이가? 그것도 다 김 주사 덕택이란 말이여. 팔뚝을 한 개 나라에 바친 그 덕택이란 말이여, 으흐흐흐……. 내일 나갈 적에 종이로 쉬염을 만들어 갖고 가야 돼. 바로 이 종이가 쉬염 만들 종이 앙이가."

동길이가 책보와 함께 받아 가지고 있는 •흰 종이[11]를 숟가락으로 가리켰다.

때마침 저녁 손님을 부르는 극장의 스피커 소리가 우렁우렁 울려왔다.

"을씨구, 저봐라. 우리 극장 선전이다. 이래 봬도 나도 내일부턴 극장 직원이란 말이여, 직원. 으흐흐……."

•그러고는 벌떡 일어서서 흘러오는 노랫소리에 맞추어 우쭐우쭐 춤을 추기 시작했다. 하나밖에 없는 팔을 대고 내저으며 제법 궁둥이까지 흔들어 댄다.[12]

꼴불견이다. 동길이는 낄낄낄 웃었다. 그러나 어머니는 이맛살을 찌푸리며

"아이구, 무슨 놈의 술을 저렇게도 마셨노? 쯧쯧쯧……."

하고 혀를 찼다.

'아리아리랑 시리시리랑…….' 하며 돌아 쌓던 아버지는 그만 방 아랫목에 가서 벌떡 드러누우며,

"아으흐—."

---

10 참말입니까, 거짓말입니까?

11 새로운 사건 전개의 실마리 역할을 함.

12 불구가 된 가장의 내면적 슬픔과 비애를 강조하여 작품의 비극성을 심화시킴.

하고 괴로운 소리를 질렀다.

"밥 그만 잡숫능교?"

어머니가 묻자

"안 먹을란다."

라고 했다.

그리고 잠시 후, •아버지는 훌쭉훌쭉 느끼기 시작하는 것이었다.[13] 두 눈에서 솟구친 눈물이 양쪽 귓전으로 추적추적 걷잡을 수 없이 흘러내렸다. 동길이는 도무지 어찌 된 영문인지 알 수가 없었다. 그러면서도 덩달아 코끝이 매워 왔다.

위기① 극장에 취직한 아버지

부엌에서 달그락거리는 소리에 동길이는 눈을 떴다. 어느 새 아버지는 일어나서 윗목에 쭈구리고 앉아 무엇을 열심히 만지작거리고 있었다.

동길이는 발딱 몸을 일으켰다. 모기에 물려 부르튼 자리를 득득 긁으면서 아버지 곁으로 다가갔다. 아버지는 가위질을 하고 있었다. 두 발로 종이를 밟고, 왼쪽 손에 든 가위로 을씨년스럽게 그것을 오리고 있는 것이었다.

"아부지, 그거 뭐 합니꼬?"

"쉬염 만든다 안 카더나. 어젯밤에 안 카더나."

"넌 알 끼 아니다."

"……."

"요렇게 좀 삐져나도고."

동길이는 아버지한테서 가위를 받아 쥐고 종이를 국수처럼 가닥가닥 오려 나갔다. 그리고 아버지가 시키는 대로 그것을 실로 꿰매기 시작했다.

어머니가 밥상을 들고 들어왔을 때는 한 다발의 흰 종이 수염[14]이 제법 그럴듯하게 만들어졌다. 어머니는 밥상을 놓으며,

"그걸로 대체 뭐 하는 게? 광대놀음하는 게?"

했다.

"광대놀음? 흐흐흐……."

아버지는 서글피 웃었다.

창식이란 놈이 부르러 올 리 없었다. 그러나 동길이는 밥숟갈을 놓기가 바쁘게 책보를 들고 일어섰다. 아버지도 방구석에 걸린 낡은 보릿짚 모자(밀짚모자)를 벗겨서 입으로 푸푸 먼지를 부는 것이었다. 책보를 옆구리에 낀 동길이가 앞서고, 종이로 만든 수염을 손에 든 아버지가 뒤따라 집을 나섰다.

아버지와 동길이는 삼거리에서 헤어졌다. 헤어질 때 아버지는 동길이에게

"걱정 말고 꼭 핵교에 가거래이. 응?"

다짐을 했고 동길이는

"예!"

또렷한 목소리로 대답을 했다.

---

13 아버지의 심정, 서글픔, 비참함, 자조적.

14 우스꽝스러우면서도 비극적 분위기 연출. 아버지의 적극적인 삶의 의지를 드러냄.

동길이는 선생님을 대하기가 매우 거북스러웠다. 그러나 선생님은 별로 못마땅해 하는 기색[표정]이 없이,

"결석하면 안 된다. 알겠나?"

예사로 한 마디 던질 뿐이었다.

학급 아이들이야 뭐라건 그건 조금도 두려울 게 없었다. 감히 동길이 앞에서 뭐라고 빈정거릴 만한 아이도 없기는 했지만……. 그만큼 동길이의 수박씨만한 두 눈은 반짝거렸고, 주먹은 야무졌던 것이다.

동길이가 등교를 하자, 창식이는 고양이를 피하는 쥐새끼처럼 곧장 눈치를 살피며 아이들 뒤로 살금살금 돌아가는 것이었다. 어제 일을 생각하면 창식이란 놈을 당장 족쳐 버렸으면 싶었으나, 동길이는 웬일인지 오늘은 얼른 그런 용기가 나지 않았다. 사친회비를 못 가져와서 아무래도 선생님의 눈치가 보이는 탓인지, 혹은 어제 팔 하나 없는 아버지가 학교에 왔었다는 그 때문인지, 아무튼 어깨가 벌어지지 않았다.

동길이는 얌전히 앉아서 네 시간을 마쳤다. 동길이네 분단이 청소 당번이었다. 시간이 끝나자, 창식이네들은 우르르 집으로 돌아갔고, 동길이네는 빗자루를 들었다.

청소가 끝나자 동길이는 책보를 옆구리에 끼고 교실을 뛰쳐나왔다. 운동장에는 뙤약볕이 훅훅 쏟아지고 있었다. 찌는 듯 무더웠다.

'시원한 아이스 케이크라도 한 개 먹었으면…….'

동길이는 이런 생각을 하며 침을 꿀꺽 삼켰다. 배도 고파왔다. 이마에 맺히는 땀을 씻으며 타박타박 신작로를 걸었다. 냇물로 내려

갈까 했으나, 아침에 먹다 남겨 놓은 밥사발이 눈앞에 어른거려 그냥 똑바로 다리를 건넜다.

삼거리에 이르렀을 때였다. 동길이는 눈이 번쩍 뜨였다. 참 희한한 것을 보았기 때문이다. 저만큼 먼 거리였으나 얼른 보아 그것이 무슨 광고라는 것을 알 수 있었다.

가마니 한 장만이나 한 크기일까? 그런 광고판이 이쪽으로 걸어오고 있는 것이었다. 그 움직이는 광고판을 따라 우르르 아이들이 떠들어 대며 몰려오고 있었다.

동길이는 저도 모르게 뛰고 있었다. 차츰 가까워지면서 보니 그것은 틀림없는 광고판이었다. 그러나 그 광고판에는 다리가 두 개 달려 있고, 머리도 하나 붙어 있었다.

사람이었다. 사람이 가슴 앞에 큼직한 광고판을 매달고 걸어오고 있는 것이었다. 등에도 똑같은 광고판을 짊어지고 있는 듯했다.

머리에는 알롱달롱하고 쭈뼛한 고깔을 쓰고 있었고, 얼굴에는 밀가룬지 뭔지 모를 뿌연 분이 덕지덕지 칠해져 있었다. 그리고 턱에는 수염이 허옇게 나부끼고 있었다. 아주 늙은 노인인 것 같기도 했고, 어찌 보면 그렇지 않은 듯도 했다.

이 희한한 사람이 간간이 또 메가폰을 입에다 갖다 대고 뭐라고 빽빽 소리를 질러 대는 것이 아닌가? 재미있는 구경거리가 아닐 수 없었다.

"아아 오늘밤의, 아아 오늘밤의 활동사진은 쌍권총을 든 사나이.

아아, 쌍권총을 든 사나이. 많이 구경하러 오이소! 많이많이 구경하러 오이소!"

그러고는 쑥스러운 듯 얼른 메가폰을 입에서 떼어 버리는 것이었다. 그럴라치면 이번에는 아이들이 제가끔(제각기) 목소리를 돋우어,

"아아 오늘밤에는 쌍권총을 든 사나이."

"아아 오늘밤에는 쌍권총을 든 사나이, 구경하러 오이소."

"아아 오늘밤에 많이많이 구경하러 오이소."

하고, 떠들어 댔다. 동길이는 공연히 즐거웠고, 가슴이 울렁거렸다. 우뚝 멈추어 서서 우선 광고판의 그림부터 바라보았다. 시커먼 안경을 낀 코쟁이가 큼직한 권총을 두 자루 양쪽 손에 쥐고 있는 그림이었다. 노란 머리카락과 새파란 눈깔을 가진 여자도 하나 윗도리를 거의 벗은 것처럼 하고 권총을 든 사나이 등 뒤에 납작 붙어 있었다. 괴상한 그림이었다.

"아아 쌍권총을 든 사나이. 아아, 오늘 밤의 활동사진은 쌍권총을 든 사나이. 많이 구경 오이소! 많이많이 구경 오이소!"

그리고 메가폰을 입에서 뗀 그 희한한 사람의 시선이 동길이의 시선과 마주쳤다.

순간, 동길이는 가슴이 철렁 내려앉고 말았다. 뒤통수를 야물게 한 대 얻어맞은 것 같았다. 그리고 눈물이 핑 돌았다. 어처구니가 없었다. 그 희한한 사람이 바로 아버지였던 것이다.

아버지는 동길이와 눈이 마주치자 약간 멋쩍은 듯했다. 그러고는 얼른 시선을 돌려 버리는 것이었다. 동길이는 코끝이 매워 오며 뿌옇게 눈앞이 흐려져 갔다. 아이들은 더욱 신명이 나서 떠들

어댄다.

"아아 오늘 밤에는 쌍권총입니다."

"아아 쌍권총을 든 사나이, 재미가 있습니다."

이런 소리에 섞여 분명히,

"동길아! 느그 아부지다. 느그 아부지 참 멋쟁이다."

하는 소리가 동길이의 귓전을 때렸다. 용돌이란 놈의 목소리에 틀림없었다.

동길이는 온몸의 피가 얼굴로 치솟는 듯했다. 주먹으로 아무렇게나 눈물을 뿌리쳤다. 뿌옇던 눈앞이 확 트이며 얼른 눈에 들어온 것은 소리를 지른 용돌이가 아닌 창식이란 놈이었다. 요놈이 나무 꼬챙이를 가지고 아버지의 수염을 곧장 건드리면서,

"진짜 앙이다야. 종이로 만든 기다. 종이로."

하고, 켈켈 웃어 쌓는 것이 아닌가.

동길이는 가슴 속에 불이 확 붙는 것 같았다. 순간 동길이의 눈은 매섭게 빛났다. 이미 물불을 가릴 계제가 아니었다. 살쾡이처럼 내달을 따름이었다.[15]

"으악!"

비명 소리와 함께 길바닥에 나가떨어진 것은 물론 창식이였다. 개구리처럼 뻗었다. 그러나 동길이는 그 위에 덮쳐서 사정없이 마구 깔고 문댔다.

"아이크, 아야야야……, 캥!"

---

15 아버지의 불구로 인한 동길이의 열등감이 상대적으로 이러한 과격한 행동을 하게 함.

1950년대 극장가 앞. 당시에는 동길이 아버지처럼 길거리를 돌아다니며 영화를 홍보했다.

창식이의 얼굴은 떡이 되는 판이었다. 아이들은 덩달아서 '와아 와아' 소리를 지르며 떠들어댔다.

절정 동길이가 창식이를 때려 눕힘

동길이 아버지는 두 눈이 휘둥그레지며 손에서 메가폰을 떨어뜨렸다. 어찌 된 영문인지 알 수가 없었다.

창식이는 이제 소리도 제대로 지르지 못하고 '윽! 윽!' 넘어가고 있었다.

"와 이카노? 와 이카노? 잉! 와 이캐?"

동길이 아버지는 후닥닥 광고판을 벗어던졌다. 그리고 하나 남은 손을 대고 내저으며 어쩔 줄을 몰라 했다. 턱에 붙였던 수염의 실밥이 떨어져서 흰 종이수염이 가슴 앞에 매달려 너풀너풀 춤을 춘다.

•"이 놈으 자식이 미쳤나, 와 이카노? 와 이캐 잉?"[16]

결말 동길이의 싸움에 당황하는 아버지

출전 :『사상계』, 1959

16 갈등이 지속되는 상태에서 끝을 맺음으로써 독자의 충격을 오래 지속시켜 주며, 작품의 비극적 성격을 강하게 부각시켜 줌.

작품 줄거리

동길이네는 아버지가 일본에 노무자로 징용 갔기 때문에 형편이 무척 어렵다. 동길이는 사친회비를 못 내서 학교에서 쫓겨난다. 철교가 있는 개울에서 놀다 집에 가니, 아버지는 오른쪽 팔이 없어진 채 돌아와 있다.

원래 목수였던 아버지는 팔이 없어진 관계로 극장에 선전원으로 취직한다. 흰 종이 수염을 붙이고 광고판을 매달고 머리에 고깔을 쓰고, 메가폰에 입을 대고 소리를 지르며 선전한다. 동길이는 막상 아버지의 그런 모습을 보고 눈물이 핑 돈다. 창식이를 비롯해 아이들이 아버지를 놀리자 동길이는 창식이에게 달려들어 창식이를 때려눕힌다. 이런 상황에서 아버지는 흰 종이 수염을 가슴에 매단 채 어쩔 줄 몰라 한다.

작가 파일

하근찬 1931~2007

소설가로 경북 영천에서 태어나 전주사범학교를 졸업하고 동아대 토목과를 중퇴했다. 1957년 한국일보 신춘문예에 단편 「수난이대」가 당선되어 문단에 나왔다. 그는 역사적 현실에 대한 문제의식을 담은 작품을 많이 썼는데, 주요 작품으로 「수난이대」, 「흰 종이 수염」 등이 있다.

독후 활동

1 아래 제시된 이 소설의 주요 사건을 살펴보고, 그 때마다 동길이의 감정이 어떻게 변하는지 말해 보자.

① 아버지가 징용 갔다가 2년 만에 돌아옴.
② 친구들이 동길이 아버지를 놀림.
③ 사친회비 때문에 아버지께 꾸중을 들음.
④ 아버지가 흰 종이 수염을 달고 광고판 역할을 하는 모습을 봄.
⑤ 동길이가 창식이를 때려눕히고, 아버지는 어쩔 줄 모름.

2 하근찬의 다른 대표작 「수난이대」를 읽고 「흰 종이 수염」과 비교해 보자.

이 소설에 나오는 인물은 모두 익명의 인물이다. 이 소설은 현실에서 소외되고 목표를 잃은 세 사람이 우연히 만나서 무심히 헤어지는 일상을 그리고 있다. 등장인물인 세 사람은 우연히 선술집에서 술좌석을 같이 한다. 스물다섯 동갑내기인 그들은 결코 자신에 대해 말하지 않는다. 다만 그들이 알고 있는 것 느꼈던 것만을 되뇌인다.

이러한 인물의 모습에서 우리는 당시의 도시적 삶의 황폐성과 파편성(破片性), 그리고 왜곡된 개인주의를 느낄 수 있다. 다시 말해 작가는 익명의 인물을 통해 사회적 유대감과 공동체 의식을 완전히 상실한 비극적이고 외로운 현대인의 모습을 말하고 있다.

김승옥

서울 1964년 겨울

핵심정리

갈래 단편소설

배경 시간 : 1964년 어느 겨울 밤

공간 : 서울

시점 1인칭 주인공 시점과 관찰자 시점의 혼용

주제 현실에 적응하지 못하는 현대인의 심리적 방황과 연대감 상실

•1964년 겨울을 서울에서 지냈던 사람이라면 누구나 알 수 있겠지만,[1] 밤이 되면 거리에 나타나는 •선술집[2] — 오뎅과 군참새와 세 가지 종류의 술 등을 팔고 있고, 얼어붙은 거리를 휩쓸며 부는 차가운 바람이 펄럭거리게 하는 포장을 들치고 안으로 들어서게 되어 있고, 그 안에 들어서면 카바이드 불의 길쭉한 불꽃이 바람에 흔들리고 있고, 염색한 군용(軍用) 잠바를 입고 있는 중년 사내가 술을 따르고 안주를 구워 주고 있는 그러한 선술집에서, •그 날 밤, 우리 세 사람은 우연히 만났다.[3]

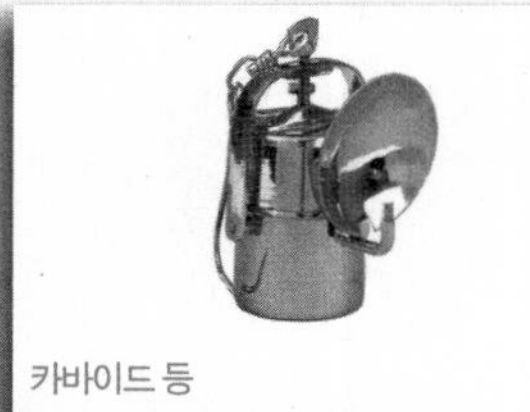
카바이드 등

우리 세 사람이란 나와 도수 높은 안경을 쓴 안(安)이라는 대학원 학생과 정체를 알 수 없었지만 요컨대 가난뱅이라는 것 만은 분명하여 그의 정체를 꼭 알고 싶다는 생각은 조금도 나지 않는 서른 대여섯 살짜리 사내를 말한다.

등장인물

이 소설에는 나와 안, 아저씨가 등장한다.
나는 고졸 출신의 화자(話者)로 육사 시험에 실패하고
구청 병사계에서 근무한다. 안(安)은 25세인 부잣집 장남으로 대학원생이다.
아저씨는 서적 외판원으로 30대 중반의 남자이며 도시인의
소외와 고독을 대표하는 인물이다. 마누라 시체를 병원에 판 죄책감에
빠져 괴로워하다 여관방에서 자살한다.

먼저 말을 주고받게 된 것은 나와 대학원생이었는데, 뭐 그렇고 그런 자기소개가 끝났을 때는 나는 그가 안씨라는 성을 가진 스물 다섯 살짜리 대한민국 청년, 대학 구경을 해 보지 못한 나로서는 상상이 되지 않는 전공(專攻)을 가진 대학원생, 부잣집 장남이라는 걸 알았고, 그는 내가 스물다섯 살짜리 시골 출신, 고등학교는 나오고 육군 사관학교를 지원했다가 실패하고 나서 군대에 갔다가 임질에 (성병) 한 번 걸려 본 적이 있고, 지금은 구청 병사계(兵事係)에서 일하고 있다는 것을 아마 알았을 것이다.

자기 소개들은 끝났지만, 그러고 나서는 서로 할 얘기가 없었다. 잠시 동안은 조용히 술만 마셨는데, 나는 새카맣게 구워진 참새를

1 사실을 객관화 시켜 신뢰감을 갖게 함.
2 공간적 배경의 소재로 현대인의 소외와 고독 개별성을 상징함.
3 사건의 실마리를 제공하며 1인칭 관찰자 시점임을 알게 함.

집을 때 할 말이 생겼기 때문에 마음속으로 군참새에게 감사하고 나서 얘기를 시작했다.

"안 형, 파리를 사랑하십니까?"

"아니오. 아직까진……." 그가 말했다.

"김 형은 파리를 사랑하세요?"

"예." 라고 나는 대답했다.

"날 수 있으니까요. 아닙니다. 날 수 있는 것으로서 동시에 내 손에 붙잡힐 수 있는 것이니까요. 날 수 있는 것으로서 손안에 잡아본 것이 있으세요?"

"가만 계셔 보세요."

그는 안경 속에서 나를 멀거니 바라보며 잠시 동안 표정을 꼼지락거리고 있었다. 그리고 말했다.

"없어요. 나도 파리밖에는……."

낮엔 이상스럽게도 날씨가 따뜻했기 때문에 길은 얼음이 녹아서 흙물로 가득했었는데 밤이 되면서부터 다시 기온이 내려가고 흙물은 우리의 발밑에서 다시 얼어붙기 시작했다. 소가죽으로 지어진 내 검정 구두는 얼고 있는 땅바닥에서 올라오고 있는 찬 기운을 충분히 막아내지 못하고 있었다. 사실 이런 술집이란, 집으로 돌아가는 길에 잠깐 한 잔하고 싶은 생각이 든 사람이나 들어올 데지, 마시면서 곁에 선 사람과 무슨 얘기를 주고받을 데는 되지 못하는 곳이다. 그런 생각이 문득 들었지만 그 안경잡이가 때마침 나에게 기특한 질문을 했기 때문에 나는 '이 놈 그럴듯하다.' 고 생각되어 추위 때문에 저려 드는 내 발바닥에 조금만 참으라고 부탁했다.

"김 형, 꿈틀거리는 것을 사랑하십니까?" 하고 그가 내게 물었던 것이다.

"사랑하구 말구요."

나는 갑자기 의기양양해져서 대답했다.

추억이란 그것이 슬픈 것이든지 기쁜 것이든지 그것을 생각하는 사람을 의기양양하게 한다. 슬픈 추억일 때는 고즈넉이 의기양양해지고 기쁜 추억일 때는 소란스럽게 의기양양해진다.

"사관학교 시험에서 미역국을 먹고 나서도 얼마 동안, 나는 나처럼 대학 입학시험에 실패한 친구 하나와 미아리에 하숙하고 있었습니다. 서울은 그 때가 처음이었죠. 장교가 된다는 꿈이 깨어져서 나는 퍽 실의에 빠져 있었습니다. 그 때 영영 실의해 버린 느낌입니다. 아시겠지만 꿈이 크면 클수록 실패가 주는 절망감도 대단한 힘을 발휘하더군요. 그 무렵 재미를 붙인 게 아침의 만원 된 버스 칸이었습니다. 함께 있는 친구와 나는 하숙집의 아침 밥상을 밀어 놓기가 바쁘게 미아리 고개 위에 있는 버스 정류장으로 달려갑니다. 개처럼 숨을 헐떡거리면서 말입니다. 시골에서 처음으로 서울에 올라온 청년들의 눈에 가장 부럽고 신기하게 비치는 게 무언지 아십니까? 부러운 건 뭐니뭐니 해도, 밤이 되면 빌딩들의 창에 켜지는 불빛, 아니 그 불빛 속에서 이리저리 움직이고 있는 사람들이고, 신기한 건 버스 칸 속에서 일 센티미터도 안 되는 간격을 두고 자기 곁에 이쁜 아가씨가 서 있다는 사실입니다. 때로는 아가씨들과 팔목의 살을 대고 있기도 하고 허벅다리를 비비고 서 있을 수도 있어서 그것 때문에 나는 하루 종일 시내 버스를 이것저것 갈아타면서 보낸 적도 있습니다. 물론 그 날 밤에는 너무 피로해서 토했습니다만……."

"잠깐, 무슨 얘기를 하시자는 겁니까?"

"꿈틀거리는 것을 사랑한다는 얘기를 하려던 참이었습니다.[4] 들어보세요. 그 친구와 나는 출근 시간의 만원 버스 속을 쓰리꾼(소매치기)들처럼 안으로 비집고 들어갑니다. 그리고 자리를 잡고 앉아 있는 젊은 여자 앞에 섭니다. 나는 한 손으로 손잡이를 잡고 나서, 달려오느라고 좀 멍해진 머리를 올리고 있는 손에 기댑니다. 그리고 내 앞에 앉아 있는 여자의 아랫배 쪽으로 천천히 시선을 보냅니다. 그러면 처음엔 얼른 눈에 뜨이지 않지만 시간이 조금 가고 내 시선이 투명해지면서부터 나는 그 여자의 아랫배가 조용히 오르내리는 것을 볼 수 있습니다."

"오르내린다는 건…… 호흡 때문에 그러는 것이겠죠?"

"물론입니다. 시체의 아랫배는 꿈쩍도 하지 않으니까요. 하여튼…… 나는 그 아침의 만원 버스 칸 속에서 보는 젊은 여자 아랫배의 조용한 움직임을 보고 있으면 왜 그렇게 마음이 편안해지고 맑아지는지 모르겠습니다. 나는 그 움직임을 지독하게 사랑합니다."

"퍽 음탕한 얘기군요."

라고 안은 기묘한 음성으로 말했다. 나는 화가 났다. 그 얘기는, 내가 만일 라디오의 박사 게임 같은 데에 나가게 돼서 '세상에서 가장 신선한 것은?' 이라는 질문을 받게 되었을 때, 남들은 상추니 오월의 새벽이니 천사의 이마니 하고 대답하겠지만 나는 그 움직임이 가장 신선한 것이라고 대답하려니 하고 일부러 기억해 두었던 것이었다.

"아니 음탕한 얘기가 아닙니다."

나는 강경한 태도로 말했다.

"그 얘기는 정말입니다."

"음탕하지 않다는 것과 정말이라는 것 사이엔 어떤 관계가 있죠?"

"모르겠습니다. 관계 같은 것은 난 모릅니다. 요컨대……."

"그렇지만 그 동작은 '오르내린다'는 것이지 꿈틀거린다는 것은 아니군요. 김 형은 아직 꿈틀거리는 것을 사랑하지 않으시구먼."

우리는 다시 침묵 속으로 떨어져서 술잔만 만지작거리고 있었다. 개새끼, 그게 꿈틀거리는 게 아니라고 해도 괜찮다, 하고 나는 생각하고 있었다. 그런데 잠시 후에 그가 말했다.

"난 지금 생각해 봤는데, 김 형의 그 오르내림도 역시 꿈틀거림의 일종이라는 결론을 얻었습니다."

"그렇죠?"

나는 즐거워졌다.

"그것은 틀림없는 꿈틀거림입니다. 난 여자의 아랫배를 가장 사랑합니다. 안 형은 어떤 꿈틀거림을 사랑합니까?"

"어떤 꿈틀거림이 아닙니다. 그냥 꿈틀거리는 거죠. 그냥 말입니다. 예를 들면…… 데모도……."

"데모가? 데모를? 그러니까 데모……."[5]

---

4 의미 없고 희화적인 대화. 이런 대화를 통해 현대인의 고독을 드러내고 있음.

5 1960년대 사회상을 암시함.

"서울은 모든 욕망의 집결지입니다. 아시겠습니까?"

"모르겠습니다."

라고 나는 할 수 있는 한 깨끗한 음성을 지어서 대답했다.

그 때 우리의 대화는 또 끊어졌다. 이번엔 침묵이 오래 계속되었다. 나는 술잔을 입으로 가져갔다. 내가 잔을 비우고 났을 때 그도 잔을 입에 대고 눈을 감고 마시고 있는 게 보였다. 나는 이젠 자리를 떠나야 할 때가 되었다고 다소 서글픈 기분으로 생각했다. 결국 그렇고 그렇다. 또 한 번 확인된 것에 지나지 않다고 생각하면서, '자 그럼 다음에 또…….' 라고 말할까 '재미있었습니다.' 라고 말할까, 궁리하고 있는데 술잔을 비운 안이 갑자기 한 손으로 내 한쪽 손을 살그머니 잡으면서 말했다.

"우리가 거짓말을 하고 있었다고 생각하지 않으십니까?"

"아니오."

나는 좀 귀찮은 생각이 들었다.

"안 형은 거짓말을 했는지 모르지만 내가 한 얘기는 정말이었습니다."

"난 우리가 거짓말을 하고 있었던 것 같은 느낌이 듭니다."

그는 붉어진 눈두덩을 안경 속에서 두어 번 끔벅거리고 나서 말했다.

•"난 우리 또래의 친구를 새로 알게 되면 꼭 꿈틀거림에 대한 얘기를 하고 싶어집니다. 그래서 얘기를 합니다. 그렇지만 얘기는 오 분도 안 돼서 끝나 버립니다."[6]

나는 그가 무슨 이야기를 하고 있는지 알 듯하기도 했고 모를 것 같기도 했다.

"우리 다른 얘기합시다."

하고 그가 다시 말했다.

나는 심각한 얘기를 좋아하는 이 친구를 곯려 주기 위해서, 그리고 한편으로는 자기의 음성을 자기가 들을 수 있는 취한 사람의 특권을 맛보고 싶어서 얘기를 시작했다.

"평화 시장 앞에서 줄지어 선 가로등 중에서 동쪽으로부터 여덟 번째 등은 불이 켜져 있지 않습니다."

나는 그가 좀 어리둥절해 하는 것을 보자 더욱 신이 나서 얘기를 계속했다.

"…… 그리고 화신 백화점[6] 육 층의 창들 중에서는 그 중 세 개에서만 불빛이 나오고 있었습니다……."

화신 백화점 서울 종로구 인사동에 위치했던 우리나라 최초의 근대식 백화점.

그러자 이번엔 내가 어리둥절해질 사태가 벌어졌다. 안의 얼굴에 놀라운 기쁨이 발하기 시작했기 때문이다.

그가 빠른 말씨로 얘기하기 시작했다.

"서대문 버스 정거장에는 사람이 서른두 명 있는데 그 중 여자가 열일곱 명이었고 어린애는 다섯 명, 젊은이는 스물한 명, 노인이 여섯 명입니다."

"그건 언제 일이지요?"

---

6 인간적 유대에 대한 바람이 담겨 있음.

단성사 우리나라에서 가장 오래된 극장.

"오늘 저녁 일곱 시 십오 분 현재입니다."

"아." 하고 나는 잠깐 절망적인 기분이었다. 그가 반작용인 듯 굉장히 기분이 좋아져서 털어놓기 시작했다.

"단성사 옆 골목의 첫 번째 쓰레기통에는 초콜릿 포장지가 두 장 있습니다."

"그건 언제?"

"지난 십사 일 저녁 아홉 시 현재입니다."

"적십자 병원 정문 앞에 있는 호두나무의 가지 하나는 부러져 있습니다."

"을지로 삼가에 있는 간판 없는 한 술집에는 미자라는 이름을 가진 색시가 다섯 명 있는데, 그 집에 들어온 순서대로 큰미자, 둘째미자, 셋째미자, 넷째미자, 막내미자라고들 합니다."

"그렇지만 그건 다른 사람들도 알고 있겠군요. 그 술집에 들어가 본 사람은 꼭 김 형 하나뿐이 아닐 테니까요."

"아 참, 그렇군요. 난 미처 그걸 생각하지 못했는데. 난 그 중에 큰미자와 하루 저녁 같이 잤는데 그 여자는 다음 날 아침, 일수(日收)[7]로 물건을 파는 여자가 왔을 때 내게 빤스 하나를 사주었습니다. 그런데 그 여자가 저금통으로 사용하고 있는 한 되들이 빈 술병에는 돈이 백십 원 들어 있었습니다."

"그건 얘기가 됩니다. 그 사실은 완전히 김 형의 소유입니다."

우리의 말투는 점점 서로를 존중해 가고 있었다.

"나는……."

하고 우리는 동시에 말을 시작하기도 했다. 그럴 때는 번갈아서 서로 양보했다.

"나는……."

이번에는 그가 말할 차례였다.

"서대문 근처에서 서울역 쪽으로 가는 전차의 •도로리[8]가 내 시야 속에서 꼭 다섯 번 파란 불꽃을 튀기는 것을 보았습니다. 그건 오늘 밤 일곱 시 이십오 분에 거길 지나가는 전차였습니다."

"안 형은 오늘 저녁엔 서대문 근처에서 살고 있었군요."

"예. 서대문 근처에서 살고 있었어요."

"난, 종로 2가 쪽입니다. 영보 빌딩 안에 있는 변소문의 손잡이 조금 밑에는 약 이 센티미터 가량의 손톱 자국이 있습니다."

하하하하 하고 그는 소리 내어 웃었다.

"그건 김 형이 만들어 놓은 자국이겠지요?"

나는 무안했지만 고개를 끄덕이지 않을 수 없었다. 그건 사실이었다.

"어떻게 아세요?"

하고 나는 그에게 물었다.

"나도 그런 경험이 있으니까요."

그가 대답했다.

"그렇지만 별로 기분 좋은 기억이 못 되더군요. 역시 우리는 그냥

---

7 본전에 이자를 합하여 일정한 액수를 날마다 거둬들이는 빚.

8 전차의 꼭대기에서 전선에 닿아 전기가 통하도록 하는 작은 쇠바퀴.

바라보고 발견하고 비밀히 간직해 두는 편이 좋겠어요. 그런 짓을 하고 나서는 뒷맛이 좋지 않더군요."

"난 그런 짓을 많이 했습니다만 오히려 기분이 좋았……."

좋았다고 말하려고 했는데, 갑자기 내가 했던 모든 그것에 대한 혐오감이 치밀어서 나는 말을 그치고 그의 의견에 동의하는 고갯짓을 해 버렸다.

그러나 그 때 나는 이상스럽다는 생각이 들었다. 내가 약 삼십 분 전에 들은 말이 틀림없다면 지금 내 옆에서 안경을 번쩍이고 앉아 있는 친구는 틀림없는 부잣집 아들이고, 높은 공부를 한 청년이다. 그런데 왜 그가 이래야만 되는가?

"안 형이 부잣집 아들이라는 것은 사실이겠지요? 그리고 대학원생이라는 것도……."

내가 물었다.

"부동산만 해도 대략 삼천만 원쯤 되면 부자가 아닐까요? 물론 내 아버지 재산이지만 말입니다. 그리고 대학원생이라는 건 여기 학생증이 있으니까……."

그러면서 그는 호주머니를 뒤적거리면서 지갑을 꺼냈다.

"학생증까진 필요 없습니다. 실은 좀 의심스러운 게 있어서요. 안 형 같은 사람이 추운 밤에 싸구려 선술집에 앉아서 나 같은 친구나 간직할 만한 일에 대해서 얘기하고 있다는 것이 이상스럽다는 생각이 방금 들었습니다."

"그건……그건……."

그는 좀 열띤 음성으로 말했다.

"그건…… 그렇지만 먼저 물어 보고 싶은 게 있는데요. 김 형이 추운 밤에 밤거리를 다니는 이유는 무엇입니까?"

"습관은 아닙니다. 나 같은 가난뱅이는 호주머니에 돈이 좀 생겨야 밤거리에 나올 수 있으니까요."

"글쎄 밤거리에 나오는 이유는 무엇입니까?"

"하숙방에 들어앉아서 벽이나 쳐다보고 있는 것보다는 나으니까요."

"밤거리에 나오면 뭔가 좀 풍부해지는 느낌이 들지 않습니까?"

"뭐가요?"

"그 뭔가가. 그러니까 생(生)이라고 해도 좋겠지요. 난 김 형이 왜 그런 질문을 하는지 그 이유를 조금은 알 것 같습니다. 내 대답은 이렇습니다. 밤이 됩니다. 난 집에서 거리로 나옵니다. 난 모든 것에서 해방된 것을 느낍니다. 아니, 실제로는 그렇지 않을는지 모르지만 그렇게 느낀다는 말입니다. 김 형은 그렇게 안 느낍니까?"

"글쎄요."

"나는 사물의 틈에 끼여서가 아니라 사물을 멀리 두고 바라보게 됩니다. 안 그렇습니까?"

"글쎄요. 좀……."

"아니 어렵다고 말하지 마세요. 이를테면 낮엔 그저 스쳐 지나가던 모든 것이 밤이 되면 내 시선 앞에서 자기들의 벌거벗은 몸을 송두리째 드러내 놓고 쩔쩔맨단 말입니다. 그런데 그게 의미가 없는 일일까요? 그런, 사물을 바라보며 즐거워한다는 일이 말입니다."

"의미요? 그게 무슨 의미가 있습니까? 난 무슨 의미가 있기 때문에 종로 2가에 있는 빌딩들의 벽돌 수를 헤아리는 일을 하는 게 아닙니다. 그냥……."

"그렇죠? •무의미한 겁니다.[9] 아니 사실은 의미가 있는지도 모르지만 난 아직 그걸 모릅니다. 김 형도 아직 모르는 모양인데 우리 한번 함께 그거나 찾아볼까요. 일부러 만들어 붙이지는 말고요."

"좀 어리둥절하군요. 그게 안 형의 대답입니까? 난 좀 어리둥절한데요. 갑자기 의미라는 말이 나오니까."

"아, 참 미안합니다. 내 대답은 아마 이렇게 된 것 같군요. 그냥 뭔가 뿌듯해지는 느낌이 들기 때문에 밤거리로 나온다고."

그는 이번엔 목소리를 낮추어서 말했다.

"김 형과 나는 서로 다른 길을 걸어서 같은 지점에 온 것 같습니다. 만일 이 지점이 잘못된 지점이라고 해도 우리 탓은 아닐 거예요."

그는 이번엔 쾌활한 음성으로 말했다.

"자, 여기서 이럴 게 아니라 어디 따뜻한 데 가서 정식으로 한잔씩 하고 헤어집시다. 난 한 바퀴 돌고 여관으로 갑니다. 가끔 이렇게 밤거리를 쏘다니는 밤엔 꼭 여관에서 자고 갑니다. 여관엘 찾아든다는 프로가 내게는 최고죠."

우리는 각기 계산하기 위해서 호주머니에 손을 넣었다. 그 때 한 사내가 우리에게 말을 걸어왔다. 우리 곁에서 술잔을 받아 놓고 연탄불에 손을 쬐고 있던 사내였는데, 술을 마시기 위해서 거기에 들어온 것이 아니라 불을 쬐고 싶어서 잠깐 들렀다는 꼴을 하고 있었다. 제법 깨끗한 코트를 입고 있었고 머리엔 기름도 얌전하게 발라서 카바이드 등의 불꽃이 너풀댈 때마다 머리칼의 하이라이트가 이리저리 움직이고 있었다. 그러나 어디선지는 분명하지는 않았지만 가난뱅이 냄새가 나는 서른 대여섯 살짜리 사내였다. 아마 빈약하게 생긴 턱 때문이었을까. 아니면 유난히 새빨간 눈시울 때문이었을까. 그 사내가 나나 안 중의 어느 누구에게라고 할 것 없이 그냥 우리 쪽을 향하여 말을 걸어 온 것이다.

"미안하지만 제가 함께 가도 괜찮을까요? 제게 돈은 얼마 있습니다만……."

이라고 그 사내는 힘없는 음성으로 말했다.

그 힘없는 음성으로 봐서는 꼭 끼워 달라는 건 아니라는 것 같았지만, 한편으로는 우리와 함께 가고 싶은 생각이 간절하다는 것 같기도 했다. 나와 안은 잠깐 얼굴을 마주 보고 나서,

"아저씨 술값만 있다면……."

이라고 내가 말했다.

"함께 가시죠."

라고 안도 내 말을 이었다.

"고맙습니다."

하고 그 사내는 여전히 힘없는 음성으로 말하면서 우리를 따라왔다.

안은 일이 좀 이상하게 되었다는 얼굴을 하고 있었고, 나 역시 유쾌한 예감이 들지는 않았다. 술좌석에서 알게 된 사람끼리는 의외로 재미있게 놀게 되는 것을 몇 번의 경험으로 알고 있었지만, 대개

9 '나'와 '안'의 대화가 무의미한 것으로, 현대인의 삶의 모습이 무의미함을 나타냄.

의 경우, 이렇게 힘없는 목소리로 끼어드는 양반은 없었다. 즐거움이 넘치고 넘친다는 얼굴로 요란스럽게 끼어들어야만 일이 되는 것이었다. 우리는 갑자기 목적지를 잊은 사람들처럼 사방을 두리번거리면서 느릿느릿 걸어갔다. •전봇대에 붙은 약 광고판 속에서는 이쁜 여자가 '춥지만 할 수 있느냐'는 듯한 쓸쓸한 미소를 띠고 우리를 내려다보고 있었고, 어떤 빌딩의 옥상에서는 소주 광고의 네온사인이 열심히 명멸하고(반짝이고) 있었고, 소주 광고 곁에서는 약 광고의 네온사인이 하마터면 잊어버릴 뻔했다는 듯이 황급히 꺼졌다간 다시 켜져서 오랫동안 빛나고 있었고, 이젠 완전히 얼어붙은 길 위에는 거지가 돌덩이처럼 여기저기 엎드려 있었고, 그 돌덩이 앞을 사람들은 힘껏 웅크리고 빠르게 지나가고 있었다.[10] 종이 한 장이 바람에 휙 날리어 거리의 저쪽에서 이쪽으로 날아오고 있었다. 그 종잇조각은 내 발밑에 떨어졌다. 나는 그 종잇조각을 집어 들었는데 그것은 '미희(美姬) 서비스, 특별 염가(特別廉價)'라는 것을 강조한 어느 비어홀의 광고지였다.

"지금 몇 시쯤 되었습니까?"

하고 힘없는 아저씨가 안에게 물었다.

"아홉 시 십 분 전입니다."

라고 잠시 후에 안이 대답했다.

"저녁들은 하셨습니까? 난 아직 저녁을 안 했는데, 제가 살 테니까 같이 가시겠어요?"

하고 힘없는 아저씨가 이번엔 나와 안을 번갈아 보며 말했다.

"먹었습니다."

하고 나와 안은 동시에 대답했다.

"혼자서 하시죠."

라고 내가 말했다.

"그만 두겠습니다."

힘없는 아저씨가 대답했다.

"하세요. 따라가 드릴 테니까요."

안이 말했다.

"감사합니다. 그럼……."

발단 세 사람의 인물 소개

우리는 근처의 중국요릿집으로 들어갔다. 방으로 들어가서 앉았을 때, 아저씨는 또 한 번 간곡하게 우리가 뭘 좀 들 것을 권했다. 우리는 또 한 번 사양했다. 그는 또 권했다.

"아주 비싼 걸 시켜도 괜찮겠습니까?"

라고 나는 그의 권유를 철회시키기 위해서 말했다.

"네, 사양 마시고."

그가 처음으로 힘있는 목소리로 말했다.

"돈을 써 버리기로 결심했으니까요."

나는 그 사내에게 어떤 꿍꿍이속이 있는 것만 같은 느낌이 들어서 좀 불안했지만, 통닭과 술을 시켜 달라고 했다. 그는 자기가 주문한 것 외에 내가 말한 것도 사환에게 청했다. 안은 어처구니없는 얼

---

10 도시의 화려한 배경 묘사와 그 속에 소외당한 사람들의 모습을 대조적으로 제시함.

굴로 나를 보았다. 나는 그때 마침 옆방에서 들려 오고 있는 여자의 불그레한 신음 소리를 듣고만 있었다.

"이 형도 뭘 좀 드시죠?"

라고 아저씨가 안에게 말했다.

"아니 전……."

안은 술이 다 깬다는 듯이 펄쩍 뛰고 사양했다.

우리는 조용히 옆방의 다급해져 가는 신음 소리에 귀를 기울이고 있었다. 전차의 찍찍거리는 소리와 홍수 난 강물 소리 같은 자동차들의 달리는 소리도 희미하게 들려오고 있었고, 가까운 곳에선 이따금 초인종 울리는 소리도 들렸다. 우리의 방은 어색한 침묵에 싸여 있었다.

"말씀드리고 싶은 게 있는데요."

마음씨 좋은 아저씨가 말하기 시작했다.

"들어 주시면 고맙겠습니다…… 오늘 낮에 제 아내가 죽었습니다. 세브란스 병원에 입원하고 있었는데……."

그는 이젠 슬프지도 않다는 얼굴로 우리를 빤히 쳐다보며 말하고 있었다.

"네에에."

"그거 안되셨군요."

라고 안과 나는 각각 조의를 표했다.

"아내와 나는 참 재미있게 살았습니다. 아내가 어린애를 낳지 못하기 때문에 시간은 몽땅 우리 두 사람의 것이었습니다. 돈은 넉넉하지 못했습니다만 그래도 돈이 생기면 우리는 어디든지 같이 다니면서 재미있게 지냈습니다. 딸기철엔 수원에도 가고, 포도철에 안양에도 가고, 여름이면 대천에도 가고, 가을엔 경주에도 가보고, 밤엔 함께 영화 구경, 쇼 구경하러 열심히 극장에 쫓아다니기도 했습니다……."

"무슨 병환이셨던가요?"

하고 안이 조심스럽게 물었다.

"급성 뇌막염이라고 의사가 그랬습니다. 아내는 옛날에 급성 맹장염 수술을 받은 적도 있고, 급성 폐렴을 앓은 적도 있다고 했습니다만 모두 괜찮았는데 이번의 급성엔 결국 죽고 말았습니다…… 죽고 말았습니다."

사내는 고개를 떨구고 한참 동안 무언지 입을 우물거리고 있었다. 안이 손가락으로 내 무릎을 찌르며 우리는 꺼지는 게 어떻겠느냐는 눈짓을 보냈다.[11] 나 역시 동감이었지만 그때 그 사내가 다시 고개를 들고 말을 계속했기 때문에 우리는 눌러 앉아 있을 수밖에 없었다.

"아내와는 재작년에 결혼했습니다. 우연히 알게 되었습니다. 친정이 대구 근처에 있다는 얘기만 했지 한 번도 친정과는 내왕이 없었습니다. 난 처갓집이 어딘지도 모릅니다. 그래서 할 수 없었어요."

그는 다시 고개를 떨구고 입을 우물거렸다.

"뭘 할 수 없었다는 말입니까?"

내가 물었다. 그는 내 말을 못 들은 것 같았다. 그러나 한참 후에

---

11 극심한 불행을 당한 사람마저도 외면하고자 하는 개인주의적 성향이 나타나 있음.

다시 고개를 들고 마치 애원하는 듯한 눈빛으로 말을 이었다.

"아내의 시체를 병원에 팔았습니다.[12] 할 수 없었습니다. 난 서적 월부 판매 외교원에 지나지 않습니다. 할 수 없었습니다. 돈 사천 원을 주더군요. 난 두 분을 만나기 얼마 전까지도 세브란스 병원 울타리 곁에 서 있었습니다. 아내가 누워 있을 시체실이 있는 건물을 알아보려고 했습니다만 어딘지 알 수 없었습니다. 그냥 울타리 곁에 앉아서 병원의 큰 굴뚝에서 나오는 희끄무레한 연기만 바라보고 있었습니다. 아내는 어떻게 될까요? 학생들이 해부 실습하느라고 톱으로 머리를 가르고 칼로 배를 찢고 한다는데 정말 그러겠지요?"

우리는 입을 다물고 있을 수밖에 없었다. 사환이 다꾸앙과 양파가 담긴 접시를 갖다 놓고 나갔다.

"기분 나쁜 얘길 해서 미안합니다. 다만 누구에게라도 얘기하지 않고서는 견딜 수 없었습니다.[13] 한 가지만 의논해 보고 싶은데, 이 돈을 어떻게 하면 좋을까요? 저는 오늘 저녁에 다 써버리고 싶은데요."

"쓰십시오."

안이 얼른 대답했다.

"이 돈이 다 없어질 때까지 함께 있어 주시겠어요?"

사내가 말했다. 우리는 얼른 대답하지 못했다.

"함께 있어 주십시오."

사내가 말했다. 우리는 승낙했다.

"멋있게 한번 써 봅시다."

라고 사내는 우리와 만나 후 처음으로 웃으면서 그러나 여전히 힘없는 음성으로 말했다.

중국집에서 거리로 나왔을 때는 우리는 모두 취해 있었고, 돈은 천 원이 없어졌고, 사내는 한쪽 눈으로는 울고 다른 쪽 눈으로는 웃고 있었고,[14] 안은 도망 갈 궁리를 하기에도 지쳐 버렸다고 내게 말하고 있었고, 나는 "악센트 찍는 문제를 모두 틀려 버렸단 말야, 악센트 말야."

라고 중얼거리고 있었고, 거리는 영화에서 본 식민지의 거리처럼 춥고 한산했고, 그러나 여전히 소주 광고는 부지런히, 약 광고는 게으름을 피우며 반짝이고 있었고, 전봇대의 아가씨는 '그저 그래요.' 라고 웃고 있었다.

"이제 어디로 갈까?"

하고 아저씨가 말했다.

"어디로 갈까?"

안이 말하고,

"어디로 갈까?"

라고 나도 그들의 말을 흉내냈다.

아무데도 갈 데가 없었다. 방금 우리가 나온 중국집 곁에 양품점의 쇼윈도가 있었다. 사내가 그쪽을 가리키며 우리를 끌어 당겼다. 우리는 양품점 안으로 들어갔다.

"넥타이를 하나 골라 가져. 내 아내가 사 주는 거야."

---

12 현대사회의 비극적 단면을 제시함.

13 강한 소외감에서 오는 인간적 유대를 희구함.

14 인물의 외양 묘사를 통해 양면성을 드러냄.

사내가 호통을 쳤다.

우리는 알록달록한 넥타이를 하나씩 들었고, 돈은 육백 원이 없어져 버렸다. 우리는 양품점에서 나왔다.

"어디로 갈까?"

라고 사내가 말했다.

갈 데는 계속해서 없었다. 양품점의 앞에는 귤장수가 있었다.

"아내는 귤을 좋아했다."

고 외치며 사내는 귤을 벌여 놓은 수레 앞으로 돌진했다. 돈 삼백 원이 없어졌다.

우리는 이빨로 귤껍질을 벗기면서 그 부근에서 서성거렸다.

"택시!"

사내가 고함쳤다.

택시가 우리 앞에서 멎었다. 우리가 차에 오르자마자 사내는,

"세브란스로!"

라고 말했다.

"안 됩니다. 소용없습니다."

안이 재빠르게 외쳤다.

"안 될까?"

사내는 중얼거렸다.

"그럼 어디로?"

아무도 대답하지 않았다.

"어디로 가시는 겁니까?"

라고 운전수가 짜증난 음성으로 말했다.

1960년대 서울 모습. 나와 안(安) 그리고 사내는 이 복잡한 도시 속에서 하루하루 힘겹게 살아가는 존재들이다.

"갈 데가 없으면 빨리 내리쇼."

우리는 차에서 내렸다. 결국 우리는 중국집에서 스무 발짝도 더 벗어나지 못하고 있었다.

거리의 저쪽 끝에서 요란한 사이렌 소리가 나타나서 점점 가깝게 달려들었다. 소방차 두 대가 우리 앞을 빠르고 시끄럽게 지나쳐 갔다.

"택시!"

사내가 고함쳤다.

택시가 우리 앞에 멎었다. 우리가 차에 오르자마자 사내는,

"저 소방차 뒤를 따라갑시다."

고 말했다.

나는 귤껍질 세 개째를 벗기고 있었다.

"지금 불 구경하러 가고 있는 겁니까?"

라고 안이 아저씨에게 말했다.

"안 됩니다. 시간이 없습니다. 벌써 열 시 반인데요. 좀더 재미있게 지내야죠. 돈은 이제 얼마 남았습니까?"

아저씨는 호주머니를 뒤져서 돈을 모두 털어냈다. 그리고 그것을 안에게 건네줬다. 안과 나는 세어 봤다. 천구백 원하고 동전이 몇 개, 십 원짜리가 몇 장이 있었다.

"됐습니다."

안은 다시 돈을 돌려주면서 말했다.

"세상엔 다행히 •여자의 특징만 중점적으로 내보이는 여자들[15] 이 있습니다."

"내 아내 얘깁니까?"

라고 사내가 슬픈 음성으로 물었다.

"내 아내의 특징은 잘 웃는다는 것이었습니다."

"아닙니다. 종삼(鐘三)으로 가자는 얘기였습니다."

안이 말했다.

사내는 안을 경멸하는 듯한 웃음을 띠며 고개를 돌려 버렸다. 그러는 사이에 우리는 화재가 난 곳에 도착했다. 삼십 원이 없어졌다. 화재가 난 곳은 아래층인 페인트 상점이었는데 지금은 미용 학원인 이층에서 불길이 창으로부터 뿜어 나오고 있었다. 경찰들의 호각 소리, 소방차들의 사이렌 소리, 불길 속에서 나는 탁탁 소리, 물줄기가 건물의 벽에 부딪혀서 나는 소리. 그러나 사람들의 소리는 아무것도 나지 않았다. •사람들은 불빛에 비쳐 무안당한 사람처럼 붉은 얼굴로, 정물처럼 서 있었다.[16]

우리는 발밑에 굴러 있는 페인트 통을 하나씩 궁둥이 밑에 깔고 웅크리고 앉아서 불구경을 했다. 나는 불이 좀더 오래 타기를 바랐다. 미용 학원이라는 간판에 불이 붙고 있었다. '원' 자(字)에 불이 붙기 시작했다.

"김 형, 우리 얘기나 합시다."

하고 안이 말했다.

"화재 같은 건 아무 것도 아닙니다. 내일 아침 신문에서 볼 것을

15 매춘하는 여자를 말함.

16 현대인의 무관심.

오늘 밤에 미리 봤다는 차이밖에 없습니다. 저 화재는 김 형의 것도 아니고 내 것도 아니고 이 아저씨 것도 아닙니다. 우리 모두의 것이 돼 버립니다. 그러기 때문에 난 화재엔 흥미가 없습니다. 김 형은 어떻게 생각하십니까?"

"동감입니다."

물줄기 하나가 불타고 있는 '학'으로 달려들고 있었다. 물이 닿은 곳에선 회색 연기가 피어올랐다. 힘없는 아저씨가 갑자기 힘차게 깡통으로부터 일어섰다.

"내 아냅니다."

하고 사내는 환한 불길 속을 손가락질하며 눈을 크게 뜨고 소리쳤다.

"내 아내가 머리를 막 흔들고 있습니다. 골치가 깨질 듯이 아프다고 머리를 막 흔들고 있습니다. 여보……."

"골치가 깨질 듯이 아픈 게 뇌막염의 증세입니다. 그렇지만 저건 바람에 휘날리는 불길입니다. 앉으세요. 불 속에 아주머님이 계실 리가 있습니까?"

라고 안이 아저씨를 끌어 앉히며 말했다. 그러고 나서 안은 나에게 나지막하게 속삭였다.

"이 양반, 우릴 웃기는데요."

나는 꺼졌다고 생각하고 있던 '학'에 다시 불이 붙고 있는 것을 보았다. 물줄기가 다시 그곳으로 뻗어 가고 있었다. 그러나 물줄기는 겨냥을 잘 잡지 못하고 이러 저리 흔들리고 있었다. 불은 날쌔게 '용'을 핥고 있었다. 나는 '미'까지 어서 불붙기를 바라고 있었고 그리고 그 간판에 불이 붙는 과정을 그 많은 불구경꾼들 중에서 나 혼자만 알고 있기를 바랐다. 그러나 그때 문득 나는 불이 생명을 가진 것처럼 생각되어서, 내가 조금 전에 바라고 있던 것을 취소해 버렸다.

무언가 하얀 것이 우리가 웅크리고 앉아 있는 곳에서 불타고 있는 건물 쪽으로 날아가는 것이 보였다. 그 비둘기는 불 속으로 떨어졌다.

"무엇이 불 속으로 날아 들어갔지요?"

내가 안을 돌아다보며 물었다.

"예. 뭐가 날아갔습니다."

안은 나에게 대답하고 나서 이번엔 아저씨를 돌아다보며,

"보셨어요?"

하고 그에게 물었다.

아저씨는 잠자코 앉아 있었다. 그때 순경 한 사람이 우리 쪽으로 달려왔다.

"당신이다."

라고 순경은 아저씨를 한 손으로 붙잡으면서 말했다.

"방금 무엇을 불 속에 던졌소?"

"아무 것도 안 던졌습니다."

"뭐라구요?"

순경은 때릴 듯한 시늉을 하며 아저씨에게 소리쳤다.

"내가 던지는 걸 봤단 말요. 무얼 불 속에 던졌소?"

"돈입니다."

"돈?"

"돈과 돌을 수건에 싸서 던졌습니다."

"정말이오?"

순경은 우리에게 물었다.

"예, 돈이었습니다. 이 아저씨는 불난 곳에 돈을 던지면 장사가 잘 된다는 이상한 믿음을 가졌답니다. 말하자면 좀 돌았다고 할 수 있는 사람이지만 나쁜 짓은 결코 하지 않는 장사꾼입니다."

안이 대답했다.

"돈은 얼마였소?"

"일 원짜리 동전 한 개였습니다."

안이 다시 대답했다.

순경이 가고 났을 때 안이 사내에게 물었다.

"정말 돈을 던졌습니까?"

"예."

우리는 꽤 오랫동안 불꽃이 튀는 탁탁 소리에 귀를 기울이고 있었다. 한참 후에 안이 사내에게 말했다.

"결국 그 돈은 다 쓴 셈이군요……. 자, 이젠 약속이 끝났으니 우린 가겠습니다. 안녕히 계십시오."

라고 나는 아저씨에게 작별 인사를 했다.

전개 아저씨의 처참한 상황과 갈 곳이 없는 세 사람

안과 나는 돌아서서 걷기 시작했다. 사내가 우리를 좇아와서 안과 나의 팔을 반쪽씩 붙잡았다.

"나 혼자 있기가 무섭습니다."

그는 벌벌 떨며 말했다.

"곧 통행 금지 시간이 됩니다. 난 •여관[17]으로 가서 잘 작정입니다."

안이 말했다.

"난 집으로 갈 겁니다."

내가 말했다.

"함께 갈 수 없겠습니까? 오늘밤만 같이 지내 주십시오. 부탁합니다. 잠깐만 저를 따라와 주십시오."

사내는 말하고 나서 나를 붙잡고 있는 자기의 팔을 부채질하듯이 흔들었다. 아마 안의 팔에 대해서도 그렇게 했으리라.

"어디로 가자는 겁니까?" 나는 아저씨에게 물었다.

•"여관비를 구하러 잠깐 이 근처에 들렀다가 모두 함께 여관으로 갔으면 하는데요."[18]

"여관에요?"

나는 내 호주머니 속에 든 돈을 손가락으로 계산해 보며 말했다.

"아닙니다. 폐를 끼쳐 드리고 싶지 않습니다. 잠깐만 절 따라와 주십시오."

"돈을 빌리러 가는 겁니까?"

"아닙니다. 받아야 할 돈이 있습니다."

"이 근처에요?"

---

17 현실에 적응하지 못하고 떠도는 현대인을 상징함.

18 새로운 사건 전개를 암시함.

"예, 여기가 남영동이라면."

"아마 틀림없는 남영동인 것 같군요."

내가 말했다.

사내가 앞장을 서고 안과 내가 그 뒤를 좇아서 우리는 화재로부터 멀어져 갔다.

"빚 받으러 가기에는 시간이 너무 늦었습니다."

안이 사내에게 말했다.

"그렇지만 저는 받아야만 합니다."

우리는 어느 어두운 골목길로 들어섰다. 골목의 모퉁이를 몇 개인가 돌고 난 뒤에 사내는 대문 안에 전등이 켜져 있는 집 앞에서 멈췄다. 나와 안은 사내로부터 열 발짝쯤 떨어진 곳에서 멈췄다. 사내가 벨을 눌렀다. 잠시 후에 대문이 열리고, 사내가 대문 앞에 선 사람과 말하는 소리가 들렸다.

"주인아저씨를 뵙고 싶은데요."

"주무시는데요."

"그럼 아주머니는……?"

"주무시는데요."

"꼭 뵈어야겠는데요.

"기다려 보세요."

대문이 다시 닫혔다. 안이 달려가서 사내의 팔을 잡아끌었다.

"그냥 가시죠?"

"괜찮습니다. 받아야 할 돈이니까요."

안이 다시 먼저 서 있던 곳으로 걸어왔다. 대문이 열렸다.

"밤늦게 죄송합니다."

사내가 대문을 향해 고개를 숙이며 말했다.

"누구시죠?"

대문은 잠에 취한 여자의 음성을 냈다.

"죄송합니다. 이렇게 너무 늦게 찾아와서 실은……."

"누구시죠? 술 취하신 것 같은데……."

"월부 책값 받으러 온 사람입니다."

하고, 사내는 비명 같은 높은 소리로 외쳤다.

"월부 책값 받으러 온 사람입니다."

이번엔 사내는 문기둥에 두 손을 짚고 앞으로 뻗은 자기 팔 위에 얼굴을 파묻으며 울음을 터뜨렸다.

"월부 책값 받으러 온 사람입니다. 월부 책값……."

사내는 계속해서 흐느꼈다.

"내일 낮에 오세요."

대문이 탕 닫혔다.

사내는 계속해서 울고 있었다. 사내는 가끔 "여보."라고 중얼거리며 오랫동안 울고 있었다. 우리는 여전히 열 발짝쯤 떨어진 곳에서 그가 울음을 그치기를 기다리고 있었다. 한참 후에 그가 우리 앞으로 비틀비틀 걸어왔다. 우리는 모두 고개를 숙이고 어두운 골목길을 걸어서 거리로 나왔다. 적막한 거리에는 찬바람이 세차게 불고 있었다.

"몹시 춥군요."

라고 사내는 우리를 염려한다는 음성으로 말했다.

목적지 없이 밤거리를 헤매는 세 사람의 삶이 밤하늘보다 더 어둡게 느껴진다.

"추운데요. 빨리 여관으로 갑시다."

안이 말했다.

"방을 한 사람씩 따로 잡을까요?"

여관에 들어갔을 때 안이 우리에게 말했다.

"그게 좋겠지요?"

"모두 한방에 드는 게 좋겠어요."

라고 나는 아저씨를 생각해서 말했다.

위기 여관에 묵기로 한 세 사람

아저씨는 그저 우리 처분만 바란다는 듯한 태도로, 또는 지금 자기가 서 있는 곳이 어딘지도 모른다는 태도로 멍하니 서 있었다. 여관에 들어서자 우리는 모든 프로가 끝나 버린 극장에서 나오는 때처럼 어찌할 바를 모르고 거북스럽기만 했다. 여관에 비한다면 거리가 우리에게 더 좋았던 셈이었다. 벽으로 나누어진 방들, 그것이 우리가 들어가야 할 곳이었다.

"모두 같은 방에 들기로 하는 것이 어떻겠어요?"

내가 다시 말했다.

"난 아주 피곤합니다."

안이 말했다.

"방은 각각 하나씩 차지하고 자기로 하지요."

"혼자 있기가 싫습니다."

라고 아저씨가 중얼거렸다.

"혼자 주무시는 게 편하실 거예요."

안이 말했다.

우리는 복도에서 헤어져 사환이 지적해 준, •나란히 붙은 방 세 개에 각각 한 사람씩 들어갔다.[19]

"화투라도 사다가 놉시다."

헤어지기 전에 내가 말했지만,

"난 아주 피곤합니다. 하시고 싶으면 두 분이나 하세요."

하고 안은 말하고 나서 자기의 방으로 들어가 버렸다.

"나도 피곤해 죽겠습니다. 안녕히 주무세요."

라고 나는 아저씨에게 말하고 나서 내 방으로 들어갔다. 숙박계엔 거짓 이름, 거짓 주소, 거짓 나이, 거짓 직업을 쓰고 나서 사환이 가져다 놓은 •자리끼[20]를 마시고 나는 이불을 뒤집어썼다. 나는 꿈도 안 꾸고 잘 잤다.

다음 날 아침 일찍 안이 나를 깨웠다.

"그 양반 역시 죽어 버렸습니다."

안이 내 귀에 입을 대고 그렇게 속사였다.

"예?"

나는 잠이 깨끗이 깨어 버렸다.

"방금 그 방에 들어가 보았는데 역시 죽어 버렸습니다."

"역시……."

나는 말했다.

"사람들이 알고 있습니까?"

"아직까진 아무도 모르는 것 같습니다. 우선 빨리 도망해 버리는 게 시끄럽지 않을 것 같습니다."

"사실이지요?"

"물론 그렇겠죠."

절정 각 방을 쓰기로 한 세 사람과 아저씨의 자살

나는 급하게 옷을 주워 입었다. 개미 한 마리가 방바닥을 내 발이 있는 쪽으로 기어오고 있었다. 그 개미가 내 발을 붙잡으려고 하는 것 같은 느낌이 들어서 나는 얼른 자리를 옮겨 디디었다.

밖의 이른 아침에는 싸락눈이 내리고 있었다. 우리는 할 수 있는 한 빠른 걸음으로 여관에서 멀어져 갔다.

"난 그가 죽으리라는 것을 알고 있었습니다."

안이 말했다.

"난 짐작도 못했습니다."

라고 나는 사실대로 이야기했다.

"난 짐작하고 있었습니다."

그는 코트의 깃을 세우며 말했다.

"그렇지만 어떻게 합니까?"

"그렇지요. 할 수 없지요. 난 짐작도 못 했는데……."

내가 말했다.

"짐작했다고 하면 어떻게 하겠어요?"

그가 내게 물었다.

---

19 현대인의 개별화된 고독을 상징적으로 나타냄.

20 밤에 자다 마시는 물.

"씨팔것, 어떻게 합니까? 그 양반 우리더러 어떡하라는 건지……."

"그러게 말입니다. 혼자 놓아두면 죽지 않을 줄 알았습니다. 그게 내가 생각해 본 최선의 그리고 유일한 방법이었습니다."

"난 그 양반이 죽으리라는 짐작도 못 했으니까요. 씨팔것, 약을 호주머니에 넣고 다녔던 모양이군요."

안은 눈을 맞고 있는 어느 앙상한 가로수 밑에서 멈췄다. 나도 그를 따라가서 멈췄다. 그가 이상하다는 얼굴로 나에게 물었다.

"김 형, 우리는 분명히 스물다섯 살짜리죠?"

"난 분명히 그렇습니다."

"나도 그건 분명합니다."

그는 고개를 한번 기웃했다.

"두려워집니다."

"뭐가요?"

내가 물었다.

"그 뭔가가, 그러니까……."

그가 한숨 같은 음성으로 말했다.

•"우리가 너무 늙어 버린 것 같지 않습니까?"[21]

"우린 이제 겨우 스물다섯 살입니다."

나는 말했다.

"하여튼……"

하고 그가 내게 손을 내밀며 말했다.

"자, 여기서 헤어집시다. 재미 많이 보세요."

하고 나도 그의 손을 잡으며 말했다.

우리는 헤어졌다. 나는 마침 버스가 막 도착한 길 건너편의 버스 정류장으로 달려갔다. 버스에 올라서 창으로 내어다 보니 안은 앙상한 나뭇가지 사이로 내리는 눈을 맞으며 무언가 곰곰이 생각하고 서 있었다.

결말 여관에서 나온 '나'와 '안'

출전 : 『사상계』, 1965

21 사회에 대한 두려움과 절망의 표현.

작품 줄거리

구청 병사계에서 근무하는 '나'는 선술집에서 대학원생인 '안(安)'과 만나 대화를 나눈다. '나'는 이미 삶의 현실에서 좌절을 맛본 후였기 때문에 감각이 다소 둔해진 상태다. 부잣집 아들인 '안' 역시 밤거리에 나온 이유는 '나'와 크게 다를 바가 없다. 그저 낭만적이고 환상적인 미소를 짓는 예쁜 여자에 아니면 명멸(明滅)하는 네온사인들에 도취해 보기 위해서이다.

자리를 옮기려고 일어섰을 때, 기운 없어 보이는 삼십대 사내가 동행을 간청한다. 중국집에 들어가 음식을 사면서, 자신은 서적 판매원이며 행복한 결혼 생활을 했으나 오늘 아내가 죽었다는 것, 그리고 그 시체를 병원에 해부용으로 팔았지만 아무래도 그 돈을 오늘 안으로 다 써 버려야 하겠는데 같이 있어 줄 수 있겠느냐는 것이다. 셋은 음식점을 나온다. 그때 소방차가 지나간다. 셋은 택시를 타고 그 뒤를 따라 불 구경에 나선다. 사내는 불길을 보더니 불 속에서 아내가 타고 있는 듯한 환각에 사로잡힌다. 갑자기 '아내' 라고 소리치며 쓰다 남은 돈을 손수건에 싸서 불 속에 던져 버린다. '나'와 '안'은 돌아가려 했지만 사내는 혼자 있기가 무섭다고 애걸한다.

셋은 여관에 든다. 사내는 같은 방에 들자고 했지만 '안'의 고집으로 각기 다른 방에 투숙한다. 다음날 아침 사내는 죽어 있었고, '안'과 '나'는 서둘러 여관을 나온다. '안'은 사내가 죽을 거라고 짐작했지만 도리가 없었노라고, 그를 살릴 수 있는 유일한 방법은 그를 혼자 두는 것이라 생각했었다고 말한다.

작가 파일

김승옥 1941~

일본에서 태어나 4세 때 부모와 함께 귀국해 전라남도 순천에서 살았다. 1962년 한국일보 신춘문예에 「생명연습」이 당선되어 문단에 나왔다. 같은 해 김현, 최하림과 함께 동인지 『산문시대』를 펴내고, 여기에 단편 「환상수첩」과 「누이를 이해하기 위해서」 등을 발표했다. 그는 기존의 도덕적 상상력 또는 윤리적 세계관으로 삶을 이해하는 창작 방법을 거부하고, 새로운 감수성을 나타낸 소설을 쓴 것으로 평가받는다. 주요 작품에 「무진기행」 등이 있다.

독후 활동

1 이 소설에서 '나'와 '안', 그리고 '그'라는 인물의 대화와 행동을 통해 느낄 수 있는 것에 대해 말해 보자.

2 다음 시에서는 '먼 빛과 어둠의 세계로' 우리가 사라진다 해도 "정다운 너 하나 나 하나"는 "어디서 무엇이 되어 다시 만나랴"라고 묻고 있다. 그러나 소설 「서울 1964년 겨울」은 그러한 만남-연대감 없이 비정한 현실 속의 개체로서의 인간을 그리고 있다. 두 작품에 나타나는 작가의 시선에 대해 말해 보자.

저녁에

김광섭

저렇게 많은 중에서
별 하나가 나를 내려다본다
이렇게 많은 사람 중에서
그 별 하나를 쳐다본다

밤이 깊을수록

별은 밝음 속에 사라지고

나는 어둠 속에 사라진다

이렇게 정다운

너 하나 나 하나는

어디서 무엇이 되어

다시 만나랴

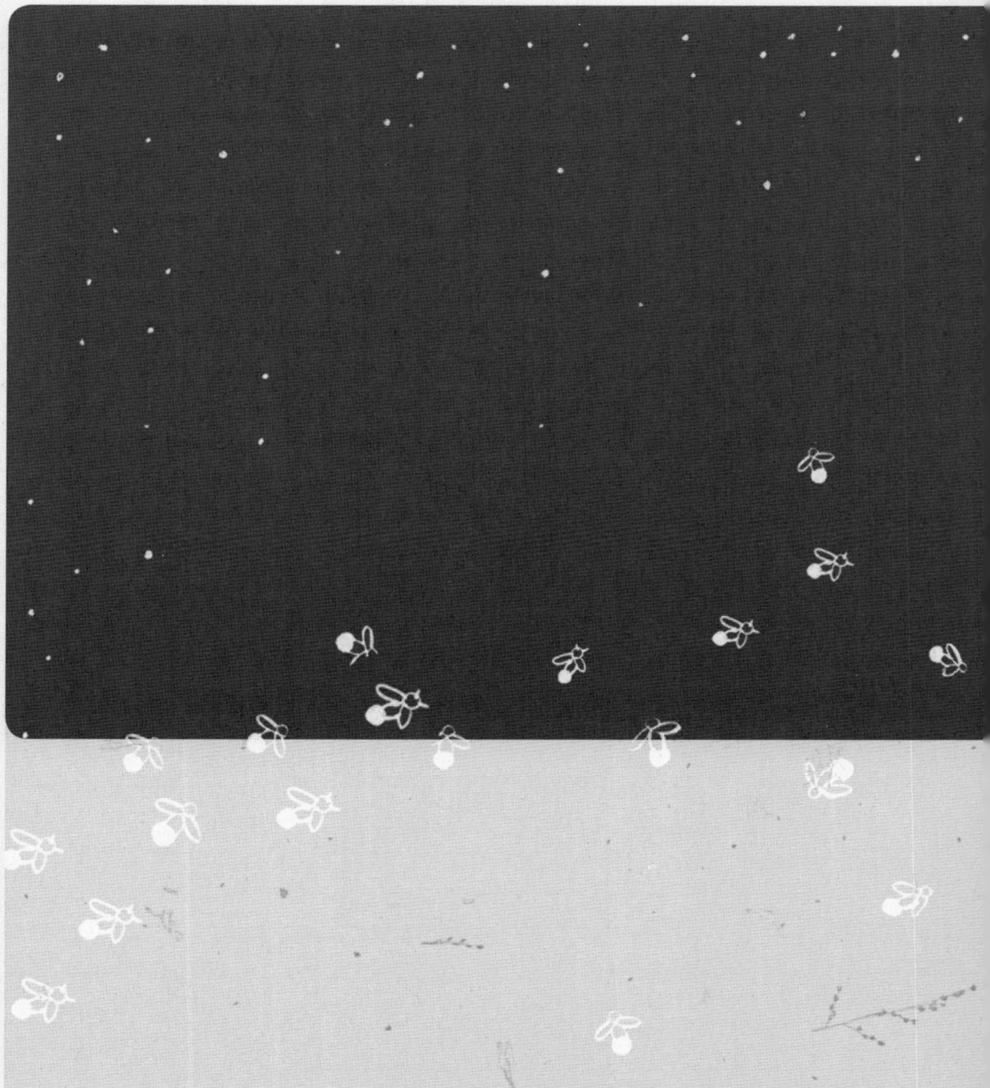

이 소설은 6 · 25 전쟁을 배경으로 하고 있다. 6 · 25 전쟁 중 자기네 마을로 피란 온 명선이에게 일어난 일을 서술함으로써 전쟁으로 인해 빚어지는 비참한 상황과 그에 따른 인물의 행동 양상을 보여 준다. 순진무구한 한 시골 소년의 눈을 통해 그려지는 이 같은 삶의 모습은 전쟁의 잔혹함과 그것으로 인해 더욱 심각한 비극, 즉 타락해 버린 세상의 매정한 인심을 함께 제시하고 있다.

윤홍길

기억 속의 들꽃

핵심정리

갈래 단편 소설, 분단 소설
배경 시간 : 6 · 25 전쟁
공간 : 만경강 다리 건너 남쪽 마을
시점 1인칭 관찰자 시점
주제 전쟁으로 인해 파괴된 인간의 진실

한떼거리의 피란민들이 머물다 떠난 자리에 소녀는 마치 처치하기 곤란한 짐짝처럼 되똑하니 남겨져 있었다. 정갈한 청소부가 어쩌다가 실수로 흘린 쓰레기 같기도 했다. •하얀 수염에 붉은 털옷을 입고 주로 굴뚝으로 드나든다는 서양의 어느 뚱뚱보 할아버지가 간밤에 도둑처럼 살그머니 남기고 간 선물 같기도 했다.[1]

아무튼 소녀는 우리 마을 우리 또래의 아이들에게 어느 날 아침 갑자기 발견되었다. 선물치고는 무척이나 지저분하고 망측스러웠다. 미처 세수도 하지 못한 때꼽재기, 우리들 눈에 비친 그 애의 모습은 거의 •거지[2]나 다름없을 정도였다. 우리들 역시 그다지 깨끗한 편이 못 되는데도 그랬다.

먼저, 쫓기는 사람들의 무리가 드문드문 마을에 나타나기 시작했다. 그리고 곧이어 포성이 울렸다. 돌산을 뚫느라고 멀리서 터뜨리는 남포의 소리처럼 은은한 포성이 울릴 때마다 집안의 기둥이나 서

등장인물

이 소설에는 명선과 나, 어머니 아버지가 등장한다.
명선은 황폐하고 비인간적인 현실에서 살아남기 위해
어른들의 세계에 의지해 보려고 몸부림치나 끝내 죽게 된다.
나는 순진하고 철이 없고, 어머니 아버지는 이해 타산적이고
탐욕스러우며 위선적이다.

까래가 울고 흙벽이 떨었다. 포성과 포성의 사이사이를 뚫고 피란민의 행렬(行列)이 줄지어 밀어닥쳤고, 마을에서 잠시 머물며 노독을 푸는 동안에 그들은 옷가지나 금붙이 따위의 물건을 식량하고 바꾸었다. 바꿀 만한 물건이 없는 사람들은 동냥을 하거나 훔치기도 했다. 그러다가 전보다 더 많은 사람들이 꽁무니에 포성을 매단 채 새롭게 밀어닥치면, 먼저 왔던 사람들은 들어올 당시와 마찬가지로 몇 가지 살림살이를 이고 지고 다시 홀연히 길을 떠났다.
흔적 없이

어느 마을이나 다 사정이 비슷했지만 특히 우리 마을로 유난히 피난민들이 많이 몰리는 것은 •만경강 다리[3] 때문이었다. 북쪽에서

1 어린아이다운 서술자의 시각을 느낄 수 있음.

2 소녀에 대한 핵심적 표현.

3 만경강은 전라북도 북서부 일대를 흘러 김제시와 군산시 경계에서 황해로 흘러드는 강으로, 중심사건(주인공의 죽음)의 공간적 배경이 됨.

다리를 건너 남쪽으로 내려오다 보면 자연 우리 마을을 통과하도록 되어 있었다. 우리가 알기로는 세상에서 제일 긴 그 다리가 폭격에 의해 아깝게 끊어진 뒤에도 피난민들은 거룻배(작은 배)를 이용하여 계속 내려왔다. 인민군한테 앞지름을 당할 때까지 피난민들의 발길은 그치지 않았다.

발단 피란민들이 떠나고 남겨진 소녀

어른들은 피난민을 별로 달가워하지 않았다. 난생 처음 들어 보는 별의별 이상한 사투리를 쓰는 그들이 사랑방이나 헛간이나 혹은 마을 정자(亭子)에서 묵다 떠나고 나면 으레 집안에서 없어지는 물건이 생긴다는 것이었다. 굶주린 어린애를 앞세워 식량을 애원하는 그들 때문에 어른들은 골머리를 앓곤 했다. 언제 끝날지 모르는 전쟁 때문에 뒤주 속에 쌀바가지를 넣었다 꺼내는 어머니의 인심이 날로 얄팍해져 갔다.

그러나 우리 어린애들은 전혀 달랐다. 어른들 마음과는 아무 상관없이 누나와 나는 피난민들을 마냥 부러워하고 있었다. 세상의 저 쪽 끝에서 와서 다른 저 쪽 끝까지 가려는 사람들 같았다. 무거운 짐을 들고 불편한 몸을 이끌며 길을 떠나는 그들의 모습이 오히려 우리들 눈에는 새의 깃털만큼이나 가벼워 보였다. 그들처럼 마음 내키는 대로 세상을 여기저기 떠돌아다니지 않고 우리는 왜 마을에 붙박여 살아야 하는지 도무지 이해할 수가 없었다. •그래서 우리도 피난을 떠나자고 아버지한테 조르기로 작정했다.[4]

"밥을 굶어야 된다. 밥도 안 먹고 잠도 안 자고, 알었지야? 툇돌에서 오줌 누고 뜰팡에다 똥 싸고, 알었지야?"

삽짝 밖에서 누나가 내 귀에 대고 연신 끈끈한 목소리로 속삭였다. 집 안에서 내 청이라면 웬만한 것은 다 들어 주는 아버지의 성미를 누나는 십분(十分) 이용할 셈이었다. 나는 누나가 시키는 대로 했다. 그러나 아무리 그렇게 울고 떼를 써도 아버지 입에서는 좀처럼 허락이 내리지 않았다.

아버지한테 마침내 피난을 가도 좋다는 말이 떨어진 것은 •만경강 다리가 무시무시한 폭격에 의해 허리를 잘리고 난 그 이튿날[5]이었다. 아직은 제법 멀찍막이서 노는 줄로 알았던 전쟁이란 놈이 어느새 어깨동무라도 하려는 기세로 바투(가깝게) 다가와 있었으므로 우리 마을도 이젠 안심할 수가 없게 되었다. 그래서 아버지는 할머니 편에 우리 오뉘를 묶어 마을에서 삼십여 리 떨어진 고모네 집에 잠시 피난시킬 작정이었다. 아버지하고 어머니는 마을에 남아 집을 지키기로 이야기가 되었다.

간단한 옷 보따리를 챙겨 누나와 나는 할머니의 손을 잡고 피난길을 떠났다. 그토록 바라고 바라던 피란인지라 누나와 나는 소풍이라도 떠나는 즐거운 기분이었다. 한길엔 한여름 햇볕만이 쨍쨍할 뿐 강아지 새끼 한 마리 얼씬하지 않았다. 소리개(솔개) 한 마리가 멀리 보이는 길가 공동묘지 위에 높이 떠 마치 하늘에다 못으로 고

솔개

---

4 어린아이다운 서술자의 시각을 느낄 수 있음.

5 전쟁이 매우 급박하게 진행됨.

정시켜 놓은 박제의 표본인 양 오랫동안 꼼짝도 하지 않았다.[6]

다 늦게 피난을 떠나는 사람은 아무도 없었다. 더구나 여느 피난민의 물결을 거슬러 북쪽을 향해서 먼 길을 가는 사람은 우리들뿐이었다. 고모네가 살고 있는 마을은 북쪽 산골이었다. 거기말고는 달리 피난 갈 만한 데가 없었다.

적막에 싸인 공동묘지 옆을 지나면서도 나는 조금도 무서운 줄을 몰랐다. 남들처럼 우리도 지금 피난을 가고 있다는 흥분에 사로잡혀 임자 없는 무덤에 뻥 뚫린 여우 구멍을 보면서도 아무렇지도 않았다. 누나는 오히려 한 수 더 떴다. 길가에서 아카시아 잎을 따 손에 들고 한 개씩 똑똑 떼내면서 누나는 학교 운동장에서나 하는 노래를 입 속으로 흥얼거리고 있었다.

"여우야 여우야 뭐 허어니. 밥 먹느은다. 무슨 반찬. 개구리 반찬……. 이불 밑에 이 잡어먹고, 송장 밑에 피 빨어먹고……."

•갑자기 누나가 노래를 뚝 그쳤다.[7] 그 때 한길 저 쪽 멀리에서 뿌연 먼지구름을 끌면서 달려오는 오토바이를 나는 보았다. 눈 깜짝할 사이에 나뭇가지와 잡초로 뒤덮인 두 개의 작은 언덕이 우리들 바로 코앞으로 확 다가들었다. 속력을 줄이는 척하다가 오토바이들은 양쪽 겨드랑이를 스칠 듯이 무서운 기세로 우리를 그냥 지나쳐 갔다. 오토바이가 지나갈 때 나는 초록 덤불로 그럴싸하게 잘 위장된 그 가짜 언덕 속에 숨어서 우리를 뚫어지게 쏘아보는 날카로운 눈초리와 쇠붙이에 반사되는 햇빛의 파편들을 볼 수 있었다, 난생처음 인민군하고 맞닥뜨리는 순간이었다. 몸채 옆구리에 행랑채까지 딸린 괴상한 모양의 오토바이들이 지나간 다음에도 우리는 한동

안 손과 손을 맞잡은 채 부들부들 떨면서 한길 복판에 오도카니 서 있었다.

"이불 밑에 이 잡어먹고……."

누나의 입에서 간신히 이런 중얼거림이 흘러나왔다. 그것은 이미 노래가 아니었다. •누나는 얼이 쏙 빠진 눈동자를 하고 있었다.[8]

"송장 밑에 피 빨어먹고……."

그러자 할머니의 손바닥이 냉큼 누나의 입을 틀어막았다. 잔뜩 부르쥔 누나의 주먹이 스르르 풀리면서 형편없이 짓눌린 아카시아 잎이 땅으로 떨어졌다.

누나와 나는 할머니로부터 무섭게 지청구[꾸지람]를 먹어 가며 그러잖아도 빠른 걸음을 더욱 재우쳤다. 그러나 얼마 가지도 않아 우리는 다시 수많은 인민군들과 마주쳤다. 그들은 두 줄로 서서 양쪽 길가로 내려오고, 우리는 그 사이를 뚫고 도무지 떨어지지 않는 다리를 간신히 움직여 복판을 걸어갔다. 참으로 어처구니없는 피난길이었다. 북쪽을 향해서 피난을 가는 우리를 인민군들은 아무도 시비하지 않았다. 그들은 그저 까맣게 그은 얼굴을 들어 퀭한 눈으로 우리를 흘낏흘낏 곁눈질하면서 말없이 행군(行軍)해 가고 있었다.

"죽어도 더는 못 가겄다. 해 넘기 전에 어서어서 집으로 돌아가자."

인민군의 굴속을 겨우 빠져 나왔을 때 할머니는 말했다. 우리는

---

6 적막하고 공포스런 분위기. 불길한 사건 전개를 암시함.

7 즐거운 분위기의 반전.

8 인민군에 대한 두려움.

한길을 피해서 논두렁과 밭고랑을 멀리 돌아 깜깜해진 뒤에야 가까스로 마을에 닿을 수 있었다.

전개① 한나절 만에 돌아온 누나와 나의 피난길

내가 소녀를 맨 처음 발견한 것은 한나절로 끝나 버린 그 우스꽝스런 피난길에서 돌아온 바로 그 이튿날이었다.

아침이었다. •마을엔 벌써 낯선 깃발이 펄럭이고 있었다. 마을 사람들이 재 너머 학교를 향해 몰려가고 있었다. 나는 삽짝을 젖히고 골목길로 나섰다.[9]

"얘."

생판 모르는 녀석이 간드러진 소리로 나를 부르고 있었다. 주제꼴은 꾀죄죄해도 곱살스런 얼굴에 꼭 계집애처럼 생긴 녀석이었다. 우선 생김새에서 풍기는 어딘지 모르게 도시 아이다운 냄새가 나를 당황하도록 만들었다. 더구나 사람을 부르는 방식(方式)부터가 우리하고는 딴판이었다. 그처럼 교과서에서나 보던 서울 말씨로 나를 부르는 아이는 아직껏 마을에 한 명도 없었던 것이다.

"왜 놀래니? 내가 무서워 보이니?"

조금도 무섭지가 않았다. 다만, 약간 얼떨떨한 기분일 뿐이었다. 피난민이 줄을 잇는 동안 갖가지 귀에 선 말씨들을 들어왔으나, 녀석처럼 그렇게 착 감기는 목소리에 겁 없는 눈빛을 보내는 아이는 처음이었다. 녀석은 토박이 아이들이 피난민 아이들한테 부리는 텃세가 조금도 두렵지 않은 모양이었다.

"너희 엄마 집에 계시지?"

내가 잠시 어물거리는 사이에 녀석은 계속해서 계집애같이 앵앵거리면서 앞으로 다가왔다. 나는 얼김에 고개를 끄덕였다.

"엊저녁부터 굶었더니 배고파 죽겠다. 엄마한테 가서 밥 좀 달래자."

오히려 녀석이 앞장을 서고 내가 그 뒤를 따랐다. 나는 녀석의 바지 주머니가 불룩한 것을 보았다. 걸음을 옮길 적마다 불룩한 주머니가 연방 덜렁거리고 있었다. 틀림없이 간밤에 누구네 밭에서 서리를 한 설익은 참외 아니면 감자가 그 속에 들어 있을 것이었다.

"엄니! 엄니이!"

마당에 들어서면서 어머니를 거푸 불렀다. 부엌에서 기명을 부시던 어머니가 무심코 마당을 내다보다가 내 등 뒤에서 쏙 볼가져 나오는 녀석을 발견하고는 대번에 질겁 잔망을 했다.

설거지를 하던

"아줌마, 안녕하세요?"

녀석은 천연덕스럽게 인사를 챙겼다.

"아아니, 요 •작것[10]이!"

어머니가 소맷부리를 걷으며 단숨에 마당으로 내달아 나왔다. 참외 서리나 하고 다니는 피난민 아이한테 어머니가 이제 곧 본때 있게 손찌검을 하려나 보다고 나는 지레짐작을 했다. 그런데 웬걸, 어머니는 녀석 대신 내 귀를 잡아끌고는 뒤란으로 향하는 것이었다.

"요 웬수야, 지 발로 들어와도 냉큼 쫓아내야 헐 놈을 어쩌자고,

---

9 마을이 이미 인민군에게 점령당함.

10 '나'를 말함.

어쩌자고……."

어머니는 내 머리통에 대고 거듭 군밤을 쥐어박았다. 도대체 어떻게 된 영문인지 전혀 깜깜이라서 울음보를 터뜨릴 수도 없는 노릇이었다.

"니가 상객으로 뫼셔 왔으니께 니가 멕여 살리거라!"

어머니는 다시 군밤을 먹이려다가 뒤란까지 따라온 서울 아이를 발견하고는 갑자기 손을 거두었다.

"아침상 퍼얼써 다 치웠다. 따른 집에 가 봐라."

어머니는 얼음처럼 차갑게 말했다.

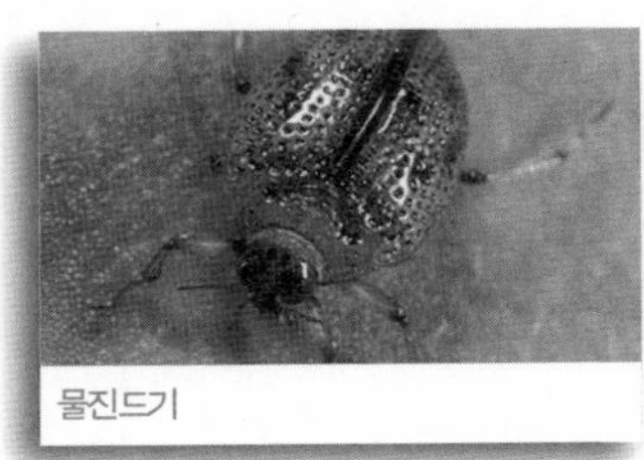
물진드기

"사나새끼가 똑 지집맹키로 야들야들하게 생긴 것이 영락없는 물빤드기 고만……."

물진드기

혼자말을 구시렁거리며 어머니는 한껏 야멸찬 표정을 하고 도로 부엌으로 들어가려 했다.

"아줌마!"

이 때 녀석이 또 예의 그 계집애처럼 간드러진 소리로 어머니를 불러 세웠다.

"따른 집에나 가 보라니께!"

"아줌마한테 요걸 보여주려구요."

녀석은 엄지와 인지를 붙여 동그라미를 만들어 보였다. 그 동그라미 위에 다른 또 하나의 작은 동그라미가 노란 빛깔을 띠면서 날름 올라앉아 있었다. 그걸 보더니 어머니의 눈에 환하게 불이 켜졌다.

"아아니, 너 그거 금가락지 아니냐!"

말이 채 끝나기도 전에 금반지는 어느 새 어머니의 손에 건너가 있었다. 솔개가 병아리를 채듯이 서울 아이의 손에서 금반지를 낚아채어 어머니는 한참을 칩떠보고 내립떠보는가 하면 혓바닥으로 침을 묻혀 무명 저고리 앞섶에 싹싹 문질러 보다가, 나중에는 이빨로 깨물어 보기까지 했다. 마침내 어머니의 얼굴에 만족스런 미소가 떠올랐다.

"아가,[11] 너 요런 것 어디서 났냐?"

옷고름의 실밥을 뜯어 그 속에 얼른 금반지를 넣고 웅숭깊은 저 밑바닥까지 확실히 닿도록 두어 번 흔들고 나서 어머니는 서울 아이한테 물었다. 놀랍게도 어머니의 목소리는 서울아이의 그것보다 훨씬 더 간드러지게 들렸다.

"땅바닥에서 주웠어요. 숙부네가 떠난 담에 그 자리에 가 봤더니 글쎄 요게 떨어져 있잖아요."

녀석이 이젠 아주 의기양양한 태도로 당당하게 대답했다. 그 말을 어머니는 별로 귀담아 듣는 기색이 아니었다. 어머니는 연신 싱글벙글 웃어 가며 녀석의 잔등을 요란스레 토닥거리고 쓰다듬어 주는 것이었다.

"아가, 요담 번에 또 요런 것 생기거들랑 다른 누구 말고 꼬옥 이 아줌마한테 가져와야 된다. 알었냐?"

"네, 그렇게 하겠어요."

다음에 다시 금반지를 줍기로 무슨 예정이라도 되어 있는 듯이

---

11 어머니의 태도가 급변했음을 나타냄.

명선이는 금가락지가 전쟁이라는 참혹한 현실에서 자신을 지켜 줄 것으로 여겼다.

녀석의 입에서는 대답이 무척 시원스럽게 나왔다.

"어서어서 방안으로 들어가자. 에린 것이 천리 타관(他官)서 부모 잃고 식구 놓치고 얼매나 배고프고 속이 짜겄냐?"

•이런 곡절 끝에 명선이는 우리 집에서 살게 되었다.[12]

마지막으로 마을에 남게 된 유일한 피난민이었다. 인민군한테 발뒤꿈치를 밟혀 가며 피난을 내려왔던 명선네 친척들은 역시 인민군보다 한 걸음 앞서 부랴사랴 우리 마을을 떠나면서 명선이를 버리고 갔다. 그래서 명선이는 피난민 일가가 묵다 떠난 자리에서 동네 사람들에 의해 하나의 골치 아픈 뒤퉁거리로 발견되었다. 누나하고 내가 할머니를 따라 피난을 떠나던 바로 그 날 아침의 일이었다.

전개② 우리 집에서 살게 된 명선이

명선이는 누나나 나하고 같은 방을 쓰기를 바라는 눈치였다. 그러나 어머니는 먼촌 일가(一家)로 어린 나이에 우리 집에 와서 말만한 처녀가 되기까지 부엌데기 노릇 하는 정님이한테 명선이를 내맡겨 버렸다. 당분간 집에서 머슴처럼 부리면서 제 밥값이나 하도록 하자고 어머니와 아버지가 공론하는 소리를 나는 밤중에 얼핏 들을 수 있었다.

애당초 명선이를 머슴으로 부리려던 어른들의 생각은 크게 잘못이었다. 세상의 어떤 끈으로도 그 애를 한 곳에 얌전히 붙들어 둘 수

---

12 사건의 요약적 제시.

없음이 이내 밝혀졌다. 쇠여물로 쓸 꼴이라도 베어 오라고 낫과 망
말이나 소에게 먹이는 풀
태기를 쥐어주면 그걸 그 애는 아무 데나 내버리고 누나와 내 뒤를 기를 쓰고 쫓아오고는 했다. 한 번도 해 보지 않은 일이라서 죽어도 못 하겠다는 것이었다. 그 애가 자신 있게 할 수 있는 일이란 그저 먹고 노는 것뿐이었다.

흔히 닭들이 그러듯이 혹은 개들이 그러듯이 동네 아이들의 텃세가 갈수록 우심해져서 아무도 명선이를 패거리에 넣어 주려 하지 않았다. 어느 날 명선이는 유독 가탈스럽게 구는 어떤 아이하고 대
까다롭게
판거리로 싸움을 했다. 싸움을 하는데 역시 생긴 모양에 어울리게 상대방의 얼굴을 손톱으로 할퀴고 머리끄덩이를 잡는 바람에 우리 또래 사이에서 크나큰 웃음거리가 되었다. •서울 아이들은 싸움도 가시내처럼 간사스럽게 하는 모양이었다.[13] 상대방이 딴죽을 걸어 넘어뜨리고 위에서 덮쳐누르자, 한창 열세에 몰려 맥을 못 추던 명선이가 별안간 날라리 소리 비슷한 괴상한 비명과 함께 엄청난 기운으로 상대방의 몸뚱이를 벌렁 떠둥그뜨려 버렸다. 첫 번째 싸움에서 명선이는 승리자가 되었다. 그리고 그 후로 계속된 두 번째, 세 번째 싸움에서도 으레 상대방의 밑에 깔렸다가 무서운 힘으로 떨치고 일어나서는 승리를 했다.

어느 날 명선이는 부모가 죽던 순간을 나에게 이야기했다. 피난길에서 공습을 만나 가까운 곳에 폭탄이 떨어졌는데 한참 정신을 잃었다가 깨어나 보니 어머니의 커다란 몸뚱이가 숨도 못 쉴 정도로 전신을 무겁게 덮어 누르고 있더라는 것이었다.

"그래서 마구 소릴 지르면서 엄마를 떠밀었단다. 난 그 때 엄마가

죽은 줄도 몰랐어."

그리고 명선이는 숙부네가 저를 버리고 도망치던 때의 이야기도 들려 주었다.

"실은 말이지, 숙부가 날 몰래 내버리고 도망친 게 아니라 내가 숙부한테서 도망친 거야. 숙부는 기회만 있으면 날 죽일라구 그랬거든.[14]"

숙부가 널 죽이려 한 이유가 뭐냐는 내 질문에 그 애는 무심코 대답하려다 말고 갑자기 입을 꾹 다물더니만 언제까지고 나를 경계하는 눈으로 잔뜩 노려보고 있었다.

같은 방을 쓰는 정님이가 어머니한테 불평을 늘어놓기 시작했다. 원래 잠버릇이 험한 정님이가 어쩌다 다리를 올려놓으면 명선이는 비명을 꽥꽥 지르며 벌떡 일어나 눈에다 불을 켜고 노려본다는 하소연이었다. 오랫동안 옷을 갈아입지 않아 명선이 몸에서 지독한 냄새가 난다고 정님이는 오만상을 찡그리기도 했다. 갈아입을 여벌의 옷이 없는 줄 번연히 알면서도 정님이가 그처럼 사사건건 트집을 잡는 까닭은 나이 때문에 내외를(이성을 부끄러워 함) 시작한 탓이라고 어머니가 말했다. 머슴애하고 어떻게 한 방을 쓰란 말이냐고 정님이는 처음부터 울상을 지었던 것이다. 가슴이 얼른 알아보게 봉긋 솟고 엉덩이가 제법 펑퍼짐해서 정님이는 이제 처녀티가 완연해져 있었다.

오래지 않아 명선이를 머슴으로 부리려던 속셈을 어머니는 깨끗

---

13 서술자인 '나'의 어린아이다운 순진한 생각.

14 금반지가 탐나서.

이 포기했다. 괜히 말썽이나 부리고 펀둥펀둥 놀면서 삼시 세끼 밥이나 축내는 그 뒤퉁거리를 어떻게 하면 내쫓을 수 있을까 하고 궁리하는 게 어머니의 일과였다. 아버지 앞에서 어머니는 그 동안 먹여 주고 재워 준 값과 금반지 한 개의 값어치를 면밀히 따지기 시작했다.

"천지신명(天地神明)을 두고 허는 말이지만 갸한티 죄로 가지 않을 만침 헌다고 혔구만요."

"허기사 난리 때 금가락지 한 돈쭝은 똥가락지여. 금 먹고 금똥 싼다면 혹 몰라도……. 쌀톨이 금쪽보담 귀헌 세상인디……."

"그러니 저 작것을 어쩌지요?"

"밥을 굶겨 봐. 지가 배고프고 허기지면 더 있으래도 지발로 나가겄지."

"갸가 나가겄소? 물빤드기마냥 빤들거림시로 무신 수를 써서라도 절대 안 굶을 아요."

어머니의 판단이 전적으로 옳았다. 끼니때만 되면 눈알을 딱 부릅뜨고 부엌 사정을 낱낱이 감시하다가 염치 불구하고 밥상머리를 안 떠나는 명선이를 두고 우리는 차마 밥덩이를 목구멍으로 넘길 수가 없었다.

전개③ 우리 집의 튀퉁거리가 된 명선이

갈수록 밥 얻어먹는 설움이 심해지자, 하루는 또 명선이가 금반지 하나를 슬그머니 내밀어 왔다. 먼젓번 것보다 약간 굵어 보였다. 찬찬히 살피고 나더니 어머니는 한 돈 하고도 반짜리라고 조심스럽게 감정을 내렸다.

"길에서 주웠다니까요."

어머니의 다그침에 명선이는 천연덕스럽게 대꾸했다.

"거참, 요상도 허다. 따른 사람은 눈을 까뒤집어도 안 뵈는 노다지가 어째 니 눈에만 유독 들어온다냐?"

어머니는 명선이가 지껄이는 말을 하나도 믿으려 하지 않았다. 명선이가 처음 금반지를 주워 왔을 때처럼 흥분하거나 즐거워하는 기색도 아니었다. 명선이의 얼굴을 유심히 들여다보는 어머니의 눈엔 크고 작은 의심들이 호박처럼 올망졸망 매달려 있었다.

그날 밤에 아버지는 명선이를 안방으로 불러 아랫목에 앉혀 놓고 밤늦도록 타일러도 보고 으름장도 놓아 보았다. 하지만, 명선이의 대답은 한결같았다.

"거짓말이 아니라구요. 참말이라구요. 길에서 놀다가……."

"너 이놈, 바른대로 대지 못허까!"

아버지의 호통 소리에 명선이는 비죽비죽 울기 시작했다. 우는 명선이를 아버지는 또 부드러운 말로 달래기 시작했다.

"말은 안 혔어도 너를 친자식 진배없이(다름없이) 생각혀 왔다. 너 같은 어린것이 그런 물건 갖고 있으면은 덜 좋은 법이다. 이 아저씨가 잘 맡아 놨다가 후제(나중에) 크면 줄 테니께 어따 숨겼는지 바른대로 대거라."

아무리 달래고 타일러도 소용이 없자 아버지는 마침내 화를 버럭 내면서 명선이의 몸뚱이를 뒤지려 했다. 아버지의 손이 옷에 닿기 전에 명선이는 미꾸라지같이 안방을 빠져 나가 자취를 감추어 버렸다. 그리고 그날 밤 끝내 우리 집에 돌아오지 않았다.

"틀림없다. 몇 개나 되는지는 몰라도 더 있을 게다. 어디다 감췄는지 니가 살살 알아봐라. 혼자서 어딜 가거든 눈치 안 채게 따러가 봐라."

입맛을 쩝쩝 다시던 아버지는 나한테 이렇게 분부했다.

"옷 속에다 누볐는지도 모른다."

어머니가 옆에서 거들었다. 어머니 역시 아버지 못잖게 아쉬운 표정이었다. 아버지의 이마에서는 땀방울이 찌걱찌걱 배어 나오고 있었다. 아버지는 벌겋게 충혈(充血)된 눈을 등잔 불빛에 번들번들 빛내면서 숨을 씩씩거렸다. 꼭 무슨 일을 저지르고야 말 것만 같은 모습이었다.

위기① 다른 금반지를 내놓고 달아난 명선이

그 이튿날 점심 무렵부터 명선이에 관한 소문이 마을에 파다하게 퍼졌다. 난리 통에 •혈혈단신[15]이 된 서울 아이가 금반지를 많이 가지고 있다는 이야기였다. 어떤 사람들은 그 아이가 열 개도 넘는 금반지를 저만 아는 곳에 꽁꽁 감춰 두고 하나씩 꺼낸다더라고 쑤군거리기도 했다. •입이 방정이라고 정님이가 어머니한테서 호되게 꾸중을 들었다.[16] 어머니의 지시에 따라 누나와 나는 돌아오지 않는 명선이를 찾아 마을 안팎을 온통 헤매고 다녔다.

낮더위가 한풀 꺾이고 어둠발이 켜켜이 내려앉을 무렵에야 명선이는 당산(堂山) 숲 속에서 발견되었다. 우리가 그 애를 찾아낸 것이 아니라, 그 애가 돼지 멱따는 소리로 한바탕 비명을 질러 사람들을 불러모은 결과였다. 이 나무 저 나무 옮아 다니는 매미처럼 당산

숲속을 팔모로(사방팔방) 헤집고 다니며 거듭거듭 내지르는 비명 소리를 듣고서 맨 처음 달려간 사람들 축에 아버지도 끼여 있었다.

•"너그 놈들이 누구누군지 내 다 안다아! 어디 사는 누군지 내 다 봐 뒀으니께 날만 샜다 허면 물고(죽여 버림)를 낼 것이다아!"[17]

해뜩해뜩 뒷모습을 보이며 당산 골짜기 어둠 속으로 꽁지가 빠지게 달아나는 남자들을 향해 아버지는 길길이 뛰며 입에 거품을 물었다.

"아가, 이자 아모 염려 없다. 어서 내려오니라, 어서."

한 걸음 뒤늦어 득달같이 달려온 어머니가 소나무 위를 까마득히 올려다보며 한껏 보드라운 말씨로 달랬다. 소나무 둥치에 딱정벌레처럼 달라붙어 꼼짝도 않는 하얀 궁둥이가 보였다. 놀랍게도 명선이는 시원스런 알몸뚱이로 있었다. 어느 겨를에 어떻게 거기까지 기어 올라갔는지 명선이는 까마득한 높이에 매달려 홀랑 벌거벗은 채 흐느끼고 있었다. 아무리 내려오라고 타일러도 반응이 없자 아버지가 팔소매를 걷어붙이고 올라가 위험을 무릅쓰고 곡예라도 하듯이 그 애를 등에 업고 내려왔다.

"오매 오매, •쟈가 지집애 아녀![18]"

땅에 내려서기 무섭게 얼른 돌아서며 사타귀를 가리는 명선이를 보고 누군가 이렇게 고함을 질렀다. 나 또한 초저녁 어스름 속에 얼

15 의지할 데 없는 홑몸, 전쟁고아.

16 정님이가 소문을 냈음으로.

17 명선이를 괴롭히는 남자들에게 하는 말.

18 명선이의 비밀이 벗겨짐.

핏 스쳐 지나가는 눈길만으로도 그 애한테는 고추가 없다는 사실을 넉넉히 알아차릴 수 있었다.

"그러게 말이네. 머슴앤 줄만 알았더니 인제 보니 지집애구먼."

"참말로 재변이네, 재변이여!"

모여 서 있던 마을 사람들이 저마다 탄성을 지르며 혀를 찼다. 어머니가 잽싸게 치마폭으로 명선이의 알몸을 감쌌다. 모닥불이라도 뒤집어쓴 것같이 공연히 얼굴이 화끈거려서 나는 차마 명선이를 바로 볼 수가 없었다.

"요, 요것이, 개패같이 달린 요것이 뭣이디야!"
개목걸이

명선이의 하얀 가슴께를 들여다보며 어머니가 소리를 질렀다. 곁에 있던 아버지가 얼른 그것을 가리려는 명선이의 손을 뿌리치고 뚝 잡아챘다. 줄에 매달린 이름표 같은 것이었다. 아직도 한 줌의 빛살이 옹색하게 남아 있는 서쪽 하늘에 대고 거기에 적힌 글씨를 읽은 다음, 아버지는 마치 무슨 보물섬의 지도나 되듯 소중스레 바지춤에 찔러 넣었다. 그리고 마을 사람들을 향해 돌아서면서 눈을 딱 부릅떠 엄포를 놓는 것이었다.

•"나허고 원수 척질 생각 아니면 앞으로 야한티 터럭손 하나 건딜지 마시오!"[19]

언젠가 가뭄 흉년(凶年) 때 이웃 논의 임자하고 물꼬 싸움을 벌이면서 시퍼렇게 삽날을 들이대던 그 때의 그 표정보다 훨씬 더 포악해 보였다. 우리 논에 떨어지는 빗물이나 마찬가지로 아버지는 우리 집안에 우연히 굴러들어온 명선이의 소유권을 마을 사람들 앞에서 우격다짐으로 가리고 있었다.

"우리가 친자식 이상으로 애끼고 기르는 아요. 만에 일이라도 야한티 해꼬지헐라거든 앙화가 무섭다는 걸 멩심허시요!"

온갖 재앙

덩달아 어머니도 위협을 잊지 않았다. 명선이가 입은 손해는 바로 우리 집안의 손해나 마찬가지라는 주장이었다. 물론 어머니는 명선이 때문에 생기는 이익이 곧바로 우리 이익이란 말은 입 밖에 비치지도 않았다.

사람들을 따돌리고 집 안에 들어서자마자, 어머니는 더 이상 참지를 못하고 아버지한테 다그쳤다.

"개패에 무슨 사연이 적혔던가요?"

"갸네 부모가 쓴 편지여."

"누구한티요?"

"누구긴 누구여, 나지."[20]

"오매, 그 사람들이 어떻게 알고 당신헌티 편지를……."

"이런 딱헌 사람 봤나. 아, 갸를 맡아서 기를 사람한티 쓴 편지니께 받는 사람이 나지 누구겄어?"

"뭐라고 썼습디여?"

"자기네가 혹 난리 바람에 무슨 일이라도 당허게 되면 무남독녀(無男獨女) 혈육을 잘 부탁헌다고, 저승에 가서도 그 은혜는 잊지 않겄다고 서울 어디 사는 누네 딸이고 본관(本貫)이 어디고, 생일이 언제라고……."

---

19 금반지를 독차지 하려는 아버지의 속셈.

20 아버지가 멋대로 생각함. 아전인수(我田引水), 제 논에 물 대기.

"가락지 말은 안 썼어라우?"

"안 썼어."

아버지는 딱 잘라 대답했다. 그러나 다음 순간, 아버지는 득의연(得意然)한 미소와 함께 어머니한테 나직이 속삭이고 있었다.

"금가락지 말은 없어도 저 먹을 건 다소 딸려 놨다고 써 있어. 사연이 복잡헌 부잣집인 것만은 틀림없다고."

위기② 알몸으로 발견된 명선이와 사연이 적힌 명패

명선이를 달아나지 못하게 감시하는 새로운 임무가 나한테 주어졌다. 우리 식구 모두는 상전을 모시듯이 명선이에게 한결같이 친절했다. 동네 사람 어느 누구도 감히 넘볼 마음을 못 먹도록 뚝심 좋은 아버지는 그 애의 주위에 이중 삼중으로 보호의 울타리를 쳐 놓고도 언제나 안심하지 못했다. 나는 그 애의 그림자 노릇을 착실히 했다. 그러나 금반지를 어디다 감춰 뒀는지 그것만은 차마 묻지를 못했다. 시간이 흐를수록 그 애는 내 사투리를 닮아 가고, 나는 반대로 그 애의 서울말을 어색하게 흉내내기 시작했다.

타고난 본래의 여자 모양을 되찾은 후에도 명선이는 갈 데 없는 머슴애였다. 하는 짓거리마다 시골 아이들 뺨치는 개구쟁이였고, 토박이의 텃세를 계집애라는 이유로 쉽사리 물리칠 수 있게 되면서부터 온갖 망나니짓에 오히려 우리의 앞장을 서곤 했다. 다람쥐처럼 나무도 뽀르르 잘 타고, 둠벙에서는 물오리나 다름없이 헤엄도 잘 쳤다. 수놈 날개에 노랗게 호박 가루를 칠해서 암놈으로 위장하여 왕잠자리를 우리보다 솜씨 있게 낚는가 하면, 남의 집 울타리에

달린 호박에 말뚝도 박고 여름밤에 개똥벌레를 여러 마리 종이 봉지 안에 가두어 어른이 담뱃불 흔드는 시늉을 하면서 다가와 술래를 따돌리는 재간도 부릴 줄 알았다. •인공 치하[21]에서 학교가 쉬는 동안을 우리는 마냥 키드득거리며 떼뭉쳐 어울려 다녔다.

심심할 때마다 명선이는 나를 끌고 끊어진 만경강 다리로 놀러 가곤 했다. 계집애답지 않게 배짱도 여간이 아니어서 그 애는 아무도 흉내낼 수 없는 위험천만한 곡예를 부서진 다리 위에서 예사로 벌여 우리의 입을 딱 벌어지게 만드는 것이었다.

"누가 제일 멀리 가는지 내기하는 거다."

폭격으로 망가진 그대로 기나긴 다리는 방치되어 있었다. •난간이 떨어져 달아나고 바닥에 커다란 구멍들이 뻥뻥 뚫린 채 쌀뜨물보다도 흐린 싯누런 물결이 일렁이는 강심(江心) 쪽을 향해 곧장 뻗어 나가다 갑자기 앙상한 철근을 엿가락 모양으로 어지럽게 늘어뜨리면서 다리는 끊겨져 있었다. 얽히고설킨 철근의 거미줄이 간댕간댕 허공을 가로지르고 있는[22] 마지막 그 곳까지 기어가는 시합이었다. 그리고 시합에서 승리자는 언제나 명선이였다. 웬만한 배짱이라면 구멍이 숭숭 뚫린 시멘트 바닥을 기는 것은 누구나 할 수 있는 일이었다. 하지만 시멘트가 끝나면서 강바닥이 까마득한 간격을 두고 저 아래에서 빙글빙글 맴을 도는 철골 근처에 다다르면 누구나 오금이 굳고 팔이 떨려 한 발짝도 더
무릎 안쪽 부분

21 구체적인 시대적 배경. 인민군 지배 하.

22 부서진 다리 묘사.

는 나갈 수가 없었다. 오로지 명선이 혼자만이 얼키설키 허공을 건너지른 엿가락 같은 철근에 위태롭게 매달려 세차게 불어 대는 강바람에 누나한테 얻어 입은 치마 자락을 펄렁거리며 끝까지 다 건너가서 지옥의 저쪽 가장자리에 날름 올라앉아 귀신인 양 이쪽을 보고 낄낄거리는 것이었다. 그렇게 낄낄거리며 우리들 머슴애의 용기 없음을 놀릴 때 그 애의 몸뚱이는 마치 널을 뛰듯이 위아래로 훌쩍훌쩍 까불리면서 구부러진 철근의 탄력에 한바탕씩 놀아나고 있었다.

•어느 날 나는 명선이하고 단둘이서만 다리에 간 일이 있었다. 23
그때도 그 애는 나한테 시합을 걸어 왔다. 나는 남자로서의 위신을 걸고 명선이의 비아냥거림 앞에서 최선의 노력을 다해 봤으나 결국 강바닥에 깔린 뽕나무 밭이 갑자기 거대한 팽이가 되어 어찔어찔 맴도는 걸 보고 뒤로 물러서지 않을 수 없었다. 이제 명선이한테서 겁쟁이라고 꼼짝없이 수모를 당할 차례였다.

"야아, 저게 무슨 꽃이지?"

교각 다리를 받치는 기둥.

그런데 그 애는 놀림 대신 갑자기 뚱딴지같은 소리를 질렀다. 말 타듯이 철근 뭉치에 올라앉아서 그 애가 손가락으로 가리키는 곳을 내려다보았다. 거대한 교각(橋脚) 바로 위, 무너져 내리다 만 콘크리트 더미에 이전에 보이지 않던 꽃송이 하나가 피어 있었다. 바람을 타고 온 꽃씨 한 알이 교각 위에 두껍게 쌓인 먼지 속에 어느 새 뿌리를 내린 모양이었다.

"꽃 이름이 뭔지 아니?"

난생 처음 보는 듯한, 해바라기를 축소해 놓은 모양의 동전만 한 들꽃이었다.

"쥐바라숭꽃……."

나는 간신히 대답했다. 시골에서 볼 수 있는 거라면 명선이는 내가 뭐든지 다 알고 있다고 믿는 눈치였다. 쥐바라숭이란 이 세상엔 없는 꽃 이름이었다. 엉겁결에 어떻게 그런 그림을 지어낼 수 있었는지 나 자신 어리벙벙할 지경이었다.

"쥐바라숭꽃……, 이름처럼 정말 이쁜 꽃이구나. 참 앙증맞게두 생겼다."

또 한바탕 위험한 곡예 끝에 그 애는 기어코 그 쥐바라숭꽃을 꺾어 올려 손에 들고는 냄새를 맡아보다가 손바닥 사이에 넣어 대궁을 비벼서 양산처럼 팽글팽글 돌리다가 끝내는 머리에 꽂는 것이었다. 다시 이쪽으로 건너오려는데 이 때 바람이 휙 불어 명선이의 치맛자락이 훌렁 들리면서 •머리에서 꽃이 떨어졌다.[24] 나는 해바라기 모양의 그 작고 노란 쥐바라숭꽃 한 송이가 바람에 날려 싯누런 흙탕물이 도도히 흐르는 강심을 향해 바람개비처럼 맴돌며 떨어져 내리는 모양을 아찔한 현기증으로 지켜보고 있었다.

절정① 끊어진 만경강 다리에서 내기를 하는 명선이와 나

23 새로운 사건 전개.

24 명선의 죽음을 암시함.

우리가 명선이한테서 순순히 얻어낸 금반지는 두 번째 것으로 마지막이었다. 아버지와 어머니가 온갖 지혜를 짜내어 백방으로 숨겨 둔 장소를 알아내려 안간힘을 다해 보았으나 금반지 근처에만 얘기가 닿아도 명선이는 입을 굳게 다문 채 침묵 속의 도리질로 완강히 버티곤 했다.

날이 가고 달이 갔다. 어느덧 초가을로 접어드는 날씨였다. •남쪽에서 쳐 올라오는 국방군에 밀려 인민군이 북쪽으로 쫓겨가기 시작한다는 소문이 돌았다.[25] 생각보다 전쟁이 일찍 끝나 남쪽으로 피란 갔던 명선이네 숙부가 어느 날 불쑥 마을에 다시 나타날 경우를 생각하면서 어머니는 딱할 정도로 조바심치기 시작했다. 내가 벌써 귀띔을 해 줘서 어른들은 명선이가 숙부로부터 버림받는 게 아니라 스스로 도망쳤다는 사실을 이미 알고 있었다. 전쟁이 끝나기 전에 어떻게 하든 명선이의 입을 열게 하려고 아버지는 수단 방법을 안 가릴 기세였다.

그 날도 나는 명선이와 함께 부서진 다리에 가서 놀고 있었다. 예의 그 위험천만한 곡예 장난을 명선이는 한창 즐기는 중이었다. 콘크리트 부위를 벗어나 그 애가 앙상한 철근을 타고 거미처럼 지옥의 가장귀를 향해 조마조마하게 건너갈 때였다. 이 때 우리들 머리 위의 하늘을 두 쪽으로 가르는 굉장한 폭음이 귀뺨을 갈기는 기세로 갑자기 울렸다. 푸른 하늘 바탕을 질러 하얗게 호주기 편대가 떠가고 있었다. 비행기의 폭음에 가려 나는 철근 사이에서 울리는 비명을 거의 듣지 못했다. 다른 것은 도무지 무서워할 줄 모르면서도 유독 비행기만은 병적(病的)으로 겁을 내는 서울 아이한테 얼핏 생각이 미쳐 눈길을 하늘에서 허리가 동강이 난 다리로 끌어냈을 때 내가 본 것은 강심을 겨냥하고 빠른 속도로 멀어져가는 한 송이 쥐바라숭꽃이었다.

절정② 비행기 폭음에 놀라 강에 떨어져 죽은 명선이

명선이가 들꽃이 되어 사라진 후 어느 날 한적한 오후에 나는 그 때까지 한 번도 성공한 적이 없는 모험을 혼자서 시도해 보았다. 겁쟁이라고 비웃는 사람이 아무도 없으니까 의외로 용기가 나고 마음이 차갑게 가라앉은 것이었다. 나는 눈에 띄는 그 즉시 거대한 팽이로 둔갑해 버리는 까마득한 강바닥을 보지 않으려고 생땀을 흘렸다. 엿가락처럼 흘러내리다가 그 밑을 가로지르는 다른 선 위에 얹혀 다시 오르막을 타는 녹슨 철근의 우툴두툴한 표면만을 무섭게 응시하면서 한 뼘 한 뼘 신중히 건너갔다. 철근의 끝에 가까이 갈수록 강바람을 맞는 몸뚱이가 사정없이 까불렸다. 그러나 나는 천신만고(무한히 애씀) 끝에 마침내 그 일을 해내고 말았다. 이젠 어느 누구도, 제아무리 쥐바라숭꽃[26] 일지라도 나를 비웃을 수는 없게 되었다.

지옥의 가장귀를 타고 앉아 잠시 숨을 고른 다음 바로 되돌아 나오려는데 그 때 이상한 물건이 얼핏 시야에 들어왔다. 낚싯바늘 모양으로 꼬부라진 철근의 끝자락에다 천으로 친친 동여맨 자그만

25 9·15 인천상륙작전과 9·28 서울 수복.

26 명선을 의미함.

6 · 25 전쟁 당시 명선이와 같이 부모를 잃은 전쟁 고아들이 많이 있었다.

헝겊 주머니였다. 명선이가 들꽃을 꺾던 때보다 더 위태로운 동작으로 나는 주머니를 어렵게 손에 넣었다. 가슴을 잡죄는 긴장 때문에 주머니를 열어 보는 내 손이 무섭게 경풍(떨림)을 일으키고 있었다. •그리고 그 주머니 속에서 말갛게 빛을 발하는 동그라미 몇 개를 보는 순간 나는 손에 든 물건을 송두리째 강물에 떨어뜨리고 말았다.[27]

결말 헝겊 주머니를 떨어뜨린 나

27 내가 헝겊 주머니 속의 금반지를 확인하는 순간, 명선이가 왜 철근 끝에서 위험한 놀이를 하게 됐는지 알게 되었고, 결국 명선의 죽음이 '금반지' 곧 '어른들의 욕심' 때문이었음을 깨달음.

작품 줄거리

6·25가 나자 만경강 다리 근처 우리 마을에 피란민들이 몰려든다. 평소에 피란민을 부러워하던 누나와 '나'는 즐거운 마음으로 피란에 나서지만, 인민군을 만나 겁에 질려 한나절 만에 되돌아오고 만다.

피란길에서 돌아온 이튿날, '나'는 전쟁고아인 명선이를 집으로 데려온다. 어머니는 명선이를 박대하다가 명선이가 내민 금반지를 보고 태도가 바뀌었고, 금반지 때문에 명선이는 우리 집에 살게 된다.

명선이는 '나'의 부모에게 구박을 받게 되자 또 금반지를 내놓는다. '나'의 부모가 금반지 있는 곳을 추궁하자 명선이는 집을 나가고 숲 속에서 벌거벗은 채 발견되는데, 그 사건으로 명선이가 여자아이임이 밝혀진다.

한편, '나'의 부모는 명선이의 목에 달린 편지를 발견하고 명선이가 부잣집 무남독녀임을 알게 되어 명선이를 철저히 감싸게 된다. '나'와 명선이가 부서진 만경강 다리의 철근 위에서 놀던 어느 날, 명선이는 비행기 폭음에 놀라 한 송이 들꽃처럼 다리에서 떨어져 죽는다.

명선이가 죽은 후 '나'는 혼자서 철근을 건너가 다리 끝에 매달려 있는 헝겊 주머니를 발견한다. '나'는 주머니에서 명선이의 금반지를 발견하고 놀라서 강물에 떨어뜨린다.

작가 파일

윤흥길 1942~

전북 정읍 출생이며, 전주 사범학교를 수학하고 원광대학교 국문과를 졸업하였다. 1968년 한국일보 신춘문예에 「회색 면류관의 계절」이 당선되어 등단했다. 그는 인간의 근원적인 갈등과 민족적 의식의 밑바닥에 자리한 삶의 풍속을 예리하게 파헤친다는 평을 듣는다. 주요 작품에 「완장」, 「묵시의 바다」, 「황혼의 집」, 「장마」, 『아홉 켤레의 구두로 남은 사내』 등이 있다.

독후 활동

1 소설의 제목을 '기억 속의 들꽃'이라고 한 이유에 대해 생각해 보자.

2 이 소설에 나오는 시대적 배경을 나타내주는 낱말을 찾아보고, '금가락지'에 담겨 있는 상징적 의미에 대해 말해 보자.

3 지금도 세계 곳곳에서는 전쟁이 벌어지고 있다. 내가 현재 전쟁이 벌어지고 있는 곳에 살고 있다면, 나의 삶에 어떤 변화가 있을지 말해 보자.